나와 판달마루와 돌고래

# 나와 판달마루와 돌고래

차무진 지음

생각
학교

목차

# 프롤로그

국립 백합예술원 교육실에 있는 다섯 개의 레슨 방 중 두 번째 방 앞에 선 슬옹이는 문손잡이를 잡고 크게 심호흡한 후 빠르게 문을 열었다.

방음 장치가 되어 있는 내부.

피아노 앞에는 노지수가 앉아서 선글라스를 코에 걸고 지겹다는 표정을 짓고 있었고, 박 교수는 옆에서 악보를 넘기는 중이었다. 슬옹이는 쓰고 있던 선글라스를 내리고 두 사람을 매섭게 노려보았다.

"뭐야? 갑자기 들어와선. 어머머, 너, 선글라스 똑바로 안 쓸래?"

"나가! 지금 내 시간인 거 몰라?"

박 교수와 노지수가 동시에 소리쳤다.

반투명 선글라스 속에서 차갑게 노려보던 박 교수의 눈이 갑자기 커지고, 노지수의 비웃던 입꼬리가 놀란 표정으로 바뀌었다. 슬옹이가 들고 있는 야구방망이 때문이었다.

슬옹이는 베이지색 방망이를 거머쥔 오른손에 바짝 힘을 주었다. 그 방망이는 백합예술원 정문을 지키는 경비 아저씨가 지각하는 학생들에게 농담처럼 "엉덩이를 좀 맞아볼래? 어서 안 뛰어가니? 교수님들 기다리시겠다!"라며 보여주던, 경비실에 전시품으로 비치해놓은 것이었다.

슬옹이는 천천히 다가갔다.

노지수가 겁먹은 표정으로 슬금슬금 옆으로 옮겨 앉았다. 박 교수도 당황한 듯 상체를 뒤로 물렸다. 슬옹이가 건반 위에 방망이 끝을 올렸다. 띠링, C7코드의 솔과 라가 울렸다.

"이게 무슨 짓이야?"

곧 지도교수로서의 위엄을 되찾은 박 교수는 코끝에 걸린 선글라스를 고상하게 들어 올리며 소리쳤다.

"무슨 짓이냐니까!"

슬옹이의 두 눈이 선글라스 속에서 히죽 웃었다.

"어머머, 애 좀 봐."

박 교수의 붉은색 립스틱을 바른 입술이 바르르 떨렸다.

슬옹이는 선글라스를 벗어버렸다.

안경다리에 줄이 연결된 선글라스는 슬옹이의 가슴에서 대롱거렸다.

"뭐, 뭐야. 그런 표정은? 이 녀석이!"

"너, 선글라스 안 써? 미쳤어?"

이마를 덮은 앞머리에서 평소에는 잘 보이지 않던 슬옹이의 두 눈이 날카롭게 빛나고 있었다.

슬옹이는 똑바로 섰다.

그리고 방망이를 머리 위로 쳐들었다.

으아아아!

노지수가 위기감을 느끼고 문을 박차고 튀어 나갔다. 박 교수는 지수가 자신을 버리고 달아난 문을 멍하게 바라보았다.

"비키세요!"

"뭐어?"

"비키라고요."

박 교수는 슬옹이가 대체 무슨 말을 하는지 알 수 없었다. 피아노 옆 보조 의자에 앉은 채 몸을 움츠릴 뿐이었다.

"에잇!"

쾅,

슬옹이는 야구방망이로 피아노를 내리쳤다.

콰, 콰캉.

"엄마야!"

박 교수가 기겁하며 벽에 몸을 붙이고 두 팔로 머리를 감쌌다.

콰, 쾅, 콰쾅, 두둥, 댕, 댕. 쾅~

슬옹이 팔이 정신없이 오르락내리락했고, 그럴 때마다 흰색과 검은색 건반이 사방으로 튕겨 나갔다. 피아노 뚜껑에도 날카로운 흠집 수십 개가 생겨났다. 피아노 모서리가 깨지고 현들이 팅팅 고무줄처럼 튀는 소리를 냈다.

쾅쾅, 방망이를 내리치는 소리가 날 때마다 박 교수는 경기를 일으키듯 눈을 찔끔 찔끔, 감았다.

슬옹이는 악마라도 때려잡는 양 피아노를 내리쳤다. 박 교수는 정신을 차리려고 노력했다. 바들거리는 두 주먹을 간신히 다잡고, 고함을 지르려 했지만 목소리가 나오지 않았다. 공포에 가득 찬 신음소리만 흘러나왔다.

······으허. ······으허허.

백합예술원에서 가장 비싼 피아노 '스타인웨이 앤 선스 폴리니 앤 루빈스타인'이 처참하게 부서지는 것에 박 교수는 정신이 혼미해졌다. 세계 최고의 피아노 제작사 스타인웨이에서 나온 명품이었다. 1960년 제6회 쇼팽 국제 피아노 콩쿠르 우승자였던 마우리치오 폴리니*와 그를 뽑은 쇼팽 연주의 대가 아르투르 루빈스타인**의 이름을 따 붙인, 세계에서 다섯 대밖에 없는 피아노였다. 공명판이 금으로, 몸체가 전부 크리스털로 제작된 명품 중 명품이었다.

외국의 피아니스트가 내한할 때마다 예술의 전당 콘서트홀로 옮겨가는 귀한 것이었고, 국제 행사 때 피아노가 있어야 하는 자리에 반드시 전시되는 피아노였다. 이 피아노는 백합예술원 학생들도 반드시 육 개월 전에 예약해야만 사용 기회가

---

\* 마우리치오 폴리니(1942~2024) : 이탈리아 출신의 피아니스트. 1960년 쇼팽 국제 콩쿠르에서 우승했다. 이후 베토벤과 쇼팽 연주에 탁월한 기량을 선보였다.

\*\* 아르투르 루빈스타인(1887~1982) : 폴란드 출신의 피아니스트. 20세기 최고의 피아니스트 중 한 명으로 주요 레퍼토리는 쇼팽이었다. 제6회 쇼팽 국제 콩쿠르에서 폴리니를 뽑으면서 "우리 중 누구도 이 청년보다 잘 칠 수는 없다"라고 칭찬했다. 하지만 그 역시도 쇼팽 연주의 명실상부한 대가였다.

주어졌다. 그런 피아노가 지금 여름날 땡볕의 아이스바처럼 허물어지고 있었다.

박 교수는 등을 벽에 기댄 채 주르륵 주저앉아 버렸다.

"오옴마야. 어째······."

박 교수는 아침에 미용실에서 매만진 머리카락을 쥐어뜯으며 울먹이기 시작했다. 이십사 시간 몸의 일부처럼 매부리코에 올려놓았던 선글라스가 바닥에 떨어진 지가 한참 되었지만, 신경쓰지 않았다.

"이 악마를! 부수고 말 테다!"

그렇게 소리치는 슬옹이가 되려 악마 같았다.

"잘 보세요. 선생님 말씀대로 저는 외계인이에요! 인간이 아니니까 이 악마를 부숴도 되겠죠?"

슬옹이는 자신을 미워하는 박 교수 앞에서 악마를 때려잡는 모습을 꼭 보이고 싶었다.

깡, 두둥, 과카캉,

질끔, 질끔, 질끔.

박 교수는 그냥 기절해버릴까, 고민하기 시작했다.

# 루간스키 교수

1

국립 백합예술원 영재 아카데미, 줄여서 백합원은 전국에서
내로라하는 음악 영재들이 모이는 곳이다. 이 과정은 보통 예
원학교에 진학하기 위해 초등 영재들이 방과 후 모여 수업을
듣는다.

삼 년 전 국립 백합예술원에는 모스크바 국립예술원 교수로
있었던 루간스키 교수가 원장으로 왔다. 그는 오뚝이처럼 배
가 튀어나왔고 흰머리가 희끗희끗한 예순여덟 살의 남자로,
젊었을 때 세계적인 피아니스트 주성지에게 사사한, 유럽에서
아주 명망 있는 피아니스트였다.

"으흠, 나는 어린 천재들에 관심이 많소."

루간스키 교수는 부임하자마자 수업받던 어린 학생들을 만
나고 싶어 했다. 그리고 일주일에 걸쳐 백합원에 다니는 학생
들의 연주를 듣겠다고 했다.

그때 루간스키 교수의 눈에 든 학생이 바로 초등학교 육 학
년 임슬옹이었다.

슬옹이는 백합원에 정식으로 입학을 허락받은 학생은 아니었다. 원래는 집 근처 초등학교에 다녔지만, 특별히 교장 선생님 추천으로 방학 동안 백합원에서 수업받을 기회를 얻어 일주일에 세 번씩 피아노를 공부하고 있었다.

슬옹이는 루간스키 교수가 보는 앞에서 쇼팽 프렐류드(전주곡) 15번을 연주했는데, 교수는 척 보고 슬옹이가 재목이 될 것임을 간파했다.

슬옹이는 악보에 적시된 기호대로 건반을 치려고 하지 않았다. 흥이 나면 작곡가가 새겨놓은 기호를 무시했다. 라르간도(Largando : 점점 느려지면서 세게)에서는 폭풍이 올 것같이 쳤고, 프레스토(Presto : 매우 빠르게)나 프레스티시모(Prestissimo : 최대한 빠르게) 부분은 정신없이 치는가 하면, 빠른 간격에서도 여운을 충만하게 느끼며 울기도 했다. 그래서 아파트 상가 피아노 학원 선생님에게 호되게 야단맞기도 했다.

"넌 왜 가르친 대로 안 하고 제멋대로 치니?"

세계적인 피아노 거장, 루간스키 교수 앞에서도 슬옹이의 그런 면모가 여실히 드러났다. 함께 듣던 백합원 교수가 당황해하며 루간스키 교수에게 말했다.

"저 아이 연주는 잊어버리십시오. 저 아이는 정식 학생도 아니고, 그래서 제 감상에 젖어 종종 기호를 잊어버립니다."

루간스키 교수는 그의 말을 듣는 둥 마는 둥하고 커다란 코에 걸친 선글라스 너머로 연주에 빠져있는 슬옹이를 노려보기만 했다.

루간스키 교수는 슬옹이를 가까이 불렀다.

"가장 좋아하는 피아니스트가 누구지?"

"없어요."

"에밀 길렐스나 빌헬름 켐프, 알프레드 브렌델, 안드라스 쉬프, 다니엘 바렌보임의 연주를 듣지 않니? 마르타 아르헤리치나 엘렌 그리모 등은?"

"마음에 드는 피아니스트가 없었어요."

"그들은 위대한 피아니스트들인데?"

"전부 그냥 그랬어요. 루간스키 교수님이 삼 년 전 빈 필과 도이치그라모폰(DG)에서 녹음한 베토벤 피아노 협주곡 전곡도 들어봤는데 그냥 그랬어요."

초등학생 슬옹이의 그 말에 루간스키 주변에 있던 다른 교수들이 기겁하는 표정으로 입을 벌렸다. 모두 '저, 저런 버릇없이!

감히 루간스키 앞에서 저런 말을!'이라고 하는 표정이었다.

"그래도 피아노 치는 건 좋아하는 거지?"

"당연하죠. 의자에 앉으면 피아노가 저에게 악수하는 것 같아요. 그렇다면 악마가 악수하자고 손을 내미는 것이네요."

"넌 어떤 아이냐?"

"저는 백합원에서 외계인 같아요. 아무도 저한테 말을 걸지 않거든요."

루간스키 교수는 벌떡 일어나 브라보를 외쳤다.

"어린 친구가 매우 자신감이 넘치는군. 쇼팽 연주도 아주 독특했어. 마치 마요르카*에서 창문을 두들기는 비를 보고 있는 것 같아요. 아니, 내 옆에 슬픔에 젖은 쇼팽이 앉아있는 것 같군요!"

털이 수북한 그의 손이 부딪힐 때마다 풍선만큼이나 불퉁한 배가 출렁거렸다.

"아라우의 연주를 들어본 적은 있니?"

---

*  쇼팽의 프렐류드(전주곡) 15번은 일명 '빗방울 전주곡'이라고 불린다. 쇼팽이 결핵에 걸려 애인인 조르주 상드와 마요르카섬으로 요양 갔을 때 작곡했다. 비가 쏟아지던 날 외출한 조르주 상드를 기다리며 연인을 걱정하는 마음을 담았다.

"아니오."

"앞으로 클라우디오 아라우* 연주를 계속 들으렴. 그리고 그의 연주를 본받도록 해라. 그는 정률이 아닌 감각을 중요하게 생각하는 위대한 피아니스트였다. 너와 에너지가 비슷해. 마스터링이 잘 된 연주 녹음 파일을 빌려주마."

일흔이 가까운 노교수는 열세 살 슬옹이와 나누는 대화가 즐거운 듯했다.

"스롱, 너는 마치 메피스토**에게 영혼을 판 연주자 같구나."

"네. 저도 피아노 앞에 앉으면 악마가 손을 빌려주는 것 같다는 상상을 해요."

"으흠, 위대한 바이올리니스트 파가니도 악마에게 영혼을 판 연주자라고 불렸지. 아무튼 넌 내가 말한 그들보다 더 훌륭한 피아니스트가 될 수 있다. 스롱! 열심히 해!"

일반 초등학교에 다니는 슬옹이가 이 백합원으로 진학하려

---

* 　클라우디오 아라우(1903~1991) : 칠레 출신의 20세기 위대한 피아니스트. 블라디미르 호로비츠와 루돌프 제르킨과 함께 20세기를 대표하는 3대 피아니스트로 불린다. 리스트 계보를 잇는 정통 독일 낭만파 피아니스트이다.

** 　메피스토펠레스 괴테의 희곡 작품 《파우스트》에 나오는 악마. 파우스트 박사는 메피스토에게 영혼을 팔고 젊음을 얻었다.

면 예술중학교를 졸업해야만 했다. 백합원은 어린 영재들을 중학생부터 받았다. 그런데 루간스키 교수는 슬옹이를 당장 곁에 두고 싶어 했다.

그것이 발단이었다. 슬옹이가 다른 교수들과 학생들에게 질투어린 시선을 받은 것은.

루간스키 교수가 슬옹이를 아무리 백합원에 두려고 해도 교칙이 있는 한 그럴 수 없었다. 그래서 루간스키 교수는 백합원 교칙을 바꾸어버렸다. 초등학생이라도 국제적인 콩쿠르에 우승하면 예술중학교를 거치지 않아도 백합원에서 수업 받을 수 있도록 했다. 그리고 루간스키 교수는 그다음 달 자신이 심사위원으로 있는 쇼팽 국제 콩쿠르에 임슬옹을 추천했다.

쇼팽 국제 콩쿠르는 차이코프스키 콩쿠르, 퀸 엘리자베스 콩쿠르와 함께 세계 3대 콩쿠르이다. 이 세 콩쿠르 중에서도 가장 유명하다. 입상자는 도이치그라모폰이나 데카(Decca) 등의 유명 음반사에서 녹음 제안을 받게 된다. 그리고 세계를 돌면서 공연을 할 수 있다. 명실상부한 프로 연주자로 데뷔하는 것이다.

추천을 받는다고 콩쿠르에 입상하는 건 아니다. 참가자와 똑같이 경연을 해야 한다. 슬옹이는 육십오 명의 지원자와 경쟁해서 당당하게 3위에 입상했다.

매우 놀라운 일이었다.

한국인이 쇼팽 콩쿠르에 입상한 일은 2005년에 임동민, 임동혁 형제가 3위에 입상한 일과 2015년 위대한 피아니스트 조성진이 1위로 입상한 것이 전부였다. 그리고 이번에 슬옹이의 입상은 육십여 년 만이었다. 예전에는 그 콩쿠르에 만 십칠 세부터 삼십 세까지만 지원할 수 있었는데, 삼십 년 전부터 나이 제한을 없앤 덕에 열세 살 슬옹이가 지원해 입상할 수 있었다.

슬옹이는 예술중학교에 가지 않고도 백합원에 입학했다.

다섯 살 때부터 피아노를 치기 시작한 슬옹이는 루간스키 교수의 지원 덕에 백합원에서 사 년을 공부했다. 정확히는 삼 년 반이다. 엄마가 마린 포지 바이러스로 돌아가신 작년 가을부터 겨울까지는 집에서 보냈으니까.

그렇게 백합예술원 학생인 열일곱 살 임슬옹은 우리나라에서 가장 비싼 피아노를 방망이로 부숴버렸다. 모두 쉬쉬했지만, 무엇이 그 사건의 도화선이 된 건지 알고 있었다. 백합제 여름 공연 연습 시간에 벌어진 갈등 때문이었다.

2

백합제란 백합예술원에서 예술의 전당 야외 공연장을 대관해 예술원을 지원하는 고위층과 국내외 예술가들 그리고 학부모들을 초청해서 학생들이 연주회를 가지는 내부 행사다. 학생들은 두 주 정도 행사를 위한 연습에 매진한다.

행사에 참여할 학생을 선정하는 심사는 깐깐하기로 소문난 박미자 교수가 담당했다. 총 열한 명의 학생들이 그녀 앞에서 예심을 치르는데, 이 가운데 여섯 명만이 선정된다.

학생들은 긴장할 수밖에 없었다. 내부 행사라고는 하지만 초청한 외빈이 많았다. 대한민국 최고의 영재가 모인 예술원이기에 최고의 수준을 청중에게 보여주어야 했다. 그러자면 먼저 박미자 교수의 심사 관문을 통과해야 했다.

"나는 누구의 지원을 등에 업거나, 누구에게 귀여움을 받는다고 뽑아주지 않아요. 가장 컨디션이 좋은 연주자를 선정할 거예요. 내 앞에서는 더 긴장하고 집중해야 해요. 여러분은 내 귀를 만족시켜야 할 거예요."

박미자 교수는 마치 예술원 원장이라도 된 듯 외쳤다.

다분히 루간스키 교수의 지지를 받는 슬옹이를 겨누고 하는 말이었다.

　이렇듯 백합예술원에는 교수들 간에 파열음이 있었다. 교수들은 알게 모르게 계파를 만들고 영향력을 행사하는 정치에 여념이 없었다. 몇몇 교수들은 아무런 선입견 없이 영재들을 대하는 루간스키 교수를 못마땅하게 생각했다. 그래서 어떻게든 루간스키 교수의 임기를 단축하려고 했다. 루간스키 교수가 슬옹이를 단번에 발굴해서 콩쿠르에 보낸 것도, 또 슬옹이가 그 콩쿠르에 단박에 입상한 것도 백합예술원 교수들로서는 자존심 상하는 일이었다.

　교수들은 자신들이 지원하는 특정 학생을 밀어서 그 학생이 유명해지도록 만들어야만 했다. 그래야 그 학생을 키운 자신들이 유명해지기 때문이다. 특히 박미자 교수는 루간스키 교수의 연임을 반대하는 교수들의 선봉에 있었다. 루간스키가 없었다면 자신이 원장이 되었을 것이라 믿었기 때문이다.

　학생들은 한명 한명 소강당으로 불려 나와 무대에 놓인 위대한 명기 '폴리니 앤 루빈스타인' 피아노로 자신이 연습한 곡을 연주했다.

　슬옹이 차례였다.

슬옹이는 베토벤 피아노 소나타 14번, 올림 다단조를 연주할 계획이었다. 베토벤이 서른한 살 때 작곡한 이 피아노곡은 사람들에게 〈월광〉이라는 제목으로 알려진 작품이다.

슬옹이가 피아노 앞에 앉자 박 교수는 선글라스 너머로 매우 못마땅한 표정으로 입술을 부풀리며 팔짱을 꼈다. 그리고 어디 한번 걸리기만 해봐라, 라는 듯 코끝에 걸어놓은 선글라스를 들어 올렸다.

"시작해!"

박 교수의 목소리가 쩌렁쩌렁 울렸다.

슬옹이는 심호흡한 후, 지금 베토벤이 찾아온다면 어떤 느낌으로 이 곡을 연주할까를 상상하며 천천히 건반을 쓰다듬었다.

1악장은 아다지오 소스테누토(Adagio Sostenuto).

느리고 충분히 끌어서 무겁게 연주하라는 지시어다. 사람들이 잘 아는 그 유명한 선율이 부드럽고 따뜻하게 흘러나왔다.

슬옹이는 자신의 호흡에 맞게 깔끔하게 연주했다.

2악장이 시작되었다.

알레그레토(Allegretto)였다. 조금 빠르게.

연주 시간이 삼 분 남짓한 짧은 악장으로 명랑하고 편안하게 연주했다.

슬옹이는 3악장, 프레스토 아지타토(Presto agitato)는 광풍이 몰아치는 듯 빠르게 연주했다. 특히 음을 강하게 눌러 치는 것을 좋아하는 슬옹이는 강약을 조절하면서도 폭주하듯 손을 움직였다.

그때였다.

짝- 짝-

객석에서 신경질적으로 손바닥 치는 소리가 들렸다.

"그만, 그만."

슬옹이가 연주를 멈췄다.

"너는 왜 네 마음대로 치는 거니?"

박 교수가 착용한 선글라스의 두 다리에 걸린 붉은색 줄이 대롱거렸다.

"1악장은 또 왜 그렇게 깔끔해? 베토벤은 이 곡을 그렇게 빨리 치라고 하지 않았어. 감정을 담아서 쳐야지."

립스틱 바른 박 교수의 붉은 입술이 한쪽으로 삐딱하게 올라가서 내려오지 않았다.

"저는 1악장을 좀 맑게 치고 싶었어요."

"뭐래, 쟤가? 루체른 호수에 달빛이 고이듯 아련하게 쳐야 할 거 아냐? 14번의 제목이 〈월광〉인 거 몰라?"

"베토벤은 14번을 '환상곡풍 소나타'라고만 했지, 〈월광〉이 라고 이름 붙이지 않았어요. 그래서 저는 이 곡을 치면서 한번 도 호수에 비치는 달빛을 상상하지 않았어요."

그랬다.

월광이라는 제목은 베토벤 당대가 아닌 후대에 붙여졌다.

그것은 박 교수도 아는 바다. 박 교수의 얼굴이 붉으락푸르락 해졌다. 또박또박 대드는 슬옹이의 말이 틀린 게 없기 때문이다.

"그리고! 3악장은 왜 그렇게 빨라? 빨라도 너무 빠르잖아? 이게 무슨 헤비메탈 건반 연주야? 악보 기호를 보고 쉴 때는 정확하게 쉬라고! 정률대로 치란 말이야!"

슬옹이는 기계적으로 연주하는 것을 싫어했다.

그렇다면 세상의 모든 연주는 컴퓨터가 하면 될 것이다. 인 간의 연주가 감동적인 것은 연주자마다 자신의 감흥을 싣기 때문이다. 물론 악보에는 작곡가가 곡을 연주할 때 가져야 할 셈여림과 감성을 어떻게 두는가에 따른 기호를 써놓았다. 하 지만 그것은 최소한의 규칙이다. 연주가는 그 기호를 따르되,

자신만의 감정을 반드시 녹여야 한다고 생각했다.

"저는 감각과 내적 완결성이 중요하다고 생각해요, 선생님."

박 교수의 선글라스 아래로 난 조그만 코에서 김이 푹푹 뿜어 나왔다.

"어머머, 넌 아직 배우는 학생이야. 기초가 중요하다고. 쇼팽 콩쿠르에 3등 했다고 겉멋만 줄줄 흐르는구나."

슬옹이는 사실 자기주장이 강한 아이가 아니었다. 자장면을 먹을래, 짬뽕을 먹을래, 라고 물으면 선뜻 대답하기 힘들다. 둘다 좋으니까. 비가 오면 비가 와서 낭만적이고 해가 들면 따뜻해서 기분이 좋다고 생각했다. 하지만 피아노만은 달랐다.

"겉멋이 아니고 제 감정이 더 중요하다고 말씀드린 거예요, 모차르트는 이렇게 쳐야만 하고, 베토벤은 이렇게 쳐야만 하고, 그런 규칙은 없다고 생각해요."

박 교수는 들고 있던 팸플릿을 구겨 휙 던지며 일어났다.

"닥쳐. 모차르트는 모차르트다운 분위기가 있고 베토벤은 베토벤다운 분위기가 있어. 고전음악은 엄숙주의가 필요하다고. 아니면 록 음악과 다를 게 뭐가 있어?"

"클라우디오 아라우는 상상력이 없는 연주는 연주가 아니라고 했어요."

"상상력? 그건 아라우 정도 되는 대가여야 할 소리야. 루간
스키가 오냐오냐해주니 어지간히 되바라졌구나. 그런 연주는
악마의 꼬드김과 같아."

"악마에게 꼬드김을 당하지 않았어요, 전."

"내가 보기에 악마가 너를 꾀었다. 왜 아이들이 너보고 외계
인 외계인 하는 줄 알겠다. 예전에 넌 루간스키에게 피아노 앞
에 앉으면 악마가 손을 잡는 것 같다고 말하지 않았니?"

"그, 그건."

"예술에서 악마에게 사로잡힌다는 말은 예부터 금기라는 거
몰라? 환각제에 의지해서 악기를 부리는 질 나쁜 예술가들이
지껄이는 소리라고. 괴테의 《파우스트》 못 읽어봤지? 거기에도
'도취경', '고통스러운 쾌락'이라는 말이 나와. 너는 그런 폐인들
의 말에 솔깃한 거야. 겉멋만 들어서. 피아노가 악마로 보이면
너는 그 피아노를 부숴버려야 해! 정신과 진료를 받든가."

박 교수는 아예 대놓고 빈정거리기 시작했다.

"흥, 루간스키 교수가 애를 버려놨어."

"루간스키 교수님은 훌륭하신 분이에요."

박 교수가 빽 소리 질렀다.

"어디 또박또박 대드니? 교수한테? 너는 루간스키만 교수인
줄 아는 모양인데, 처신 똑바로 해. 그 사람은 곧 자기 나라로
돌아가면 끝이야. 너는 여기, 한국에서 음악활동 하려면 줄을
잘 서야 한다고! 다시 쳐. 네 되먹지 못한 감정은 버리고, 베토
벤이 쓴 기호대로, 악보대로만 쳐. 루체른 호수에 달빛이 비치
는 것처럼 쳐. 시작!"

슬옹이는 선글라스 너머로 객석에 서있는 박 교수를 노려보
다가 간신히 앉았다.

피아노 건반을 노려보았다.

슬옹이는 그러고도 한참을 앉아있었다.

무대 아래 객석 <u>끄트</u>머리에 앉아있는, 슬옹이 다음으로 박 교
수에게 검수 받아야 할 다른 학생들은 바짝 긴장하고 있었다.

"뭐 해? 안 치고? 다음 학생 올릴까?"

박 교수의 호통에 슬옹이는 건반에 손을 올렸다.

슬옹이는 BTS의 〈Dynamite〉를 쳤다.

그것도 원곡을 무시하고 슬옹이가 생각나는 대로 변주하고
자신만의 기교를 잔뜩 넣어서!

차례를 기다리던 학생들이 불안한 눈길로 두 사람을 번갈아 보았다.

박 교수가 벌떡 일어났다.

"너, 이 외계인 자식! 당장 내려와. 너 같은 앤 연주할 자격이 없어. 너 대신 노지수가 〈월광〉을 친다."

노지수는 작년에 백합예술원을 그만둔 아이였다. 슬옹이와 동갑으로 피아노는 잘 치지만 영재라고 하기엔 모자람이 있었다. 재작년 가을, 지수는 한 살 어린 여자아이를 왕따시키다가 근신 처분을 받았고 결국 그 일로 백합예술원에서 퇴학당했다. 지수네 아빠는 서초동에서 큰 입시 학원을 운영하는 학원장이었다. 백합예술원 학생들 사이에서 지수가 뇌물로 들어왔다는 소문도 있었다. 그리고 뇌물을 받은 사람은 박미자 교수라는 소문도. 아닌 게 아니라 사고를 치고 퇴학당한 지수는 일 년 전, 그러니까 슬옹이가 엄마와 함께 보내기 위해 백합예술원을 쉴 때, 박 교수의 추천으로 슬옹이가 비운 자리에 다시 들어왔다.

앉아있던 학생들이 수군거렸다.

학생들 모두 박 교수가 슬옹이를 빼고 노지수를 넣기 위해

저런다는 것을 알았다.

"내일부터 나올 필요 없어. 이번 주에 아빠한테 연락이 갈 거다."

박 교수는 슬옹이를 소강당에서 쫓아냈다.


3

좁은 레슨실에서 슬옹이는 방망이로 있는 힘껏 피아노를 부숴대고 있었다.

혼이 빠진 박 교수가 쪼그리고 앉은 채 귀를 막았다.

"잘 보시라구요, 외계인이 악마를 어떻게 제압하는지를! 이렇게! (꽝) 베토벤이 악보에 써놓은 (꽝) 정률대로 부숴버릴게요! 이런 게 교수님이 바라는 거 맞죠?"

슬옹이는 선글라스가 벗겨진 것도 모른 채 벌게진 눈으로 마치 피아노가 악마라도 되는 듯 노려보았다. 박 교수는 그런 슬옹이의 행동을 차마 보지 못하고 진저리치며 괴로워하고 있었다.

피웅, 피웅.

쿠쿠쿵-

오억 팔천만 원짜리 스타인웨이 피아노, 피아니스트 폴리니와 루빈스타인의 이름이 동시에 붙은 명기 중의 명기로 소문난 그 피아노는 조금씩 조금씩 형체를 잃어가고 있었다.

흰 건반들이 마구 튀었다.

유독 검은 건반은 단단하게 버티듯 떨어지지 않자, 화가 난 슬옹이는 방망이로 검은 건반들을 노리며 내리치려고 했다. 순간, 갑자기 시야가 빙빙 돌았다.

목 아래에서 고약한 메스꺼움이 밀려 올라왔다.

분노의 불길에 휩싸였던 슬옹이는 극도의 스트레스가 밀려오고 있음을 본능적으로 느꼈다.

갑자기 눈이 안 보였다.

블랙 아웃.

꽈광-

방망이가 아닌, 이마가 피아노 건반에 부딪히면서 슬옹이는 쓰러졌다.

4

루간스키 교수는 슬옹이를 집무실로 불렀다. 슬옹이가 피아노를 부수고 나흘이 지난 후였다.

교수는 슬옹이를 앉혀놓고 한참을 아무 말도 하지 않았다. 불뚝하게 튀어나온 배에 붙은 멜빵을 몇 번 조인 후, 집무실 안을 서성거렸다. 화초에 물을 주고, 책상 위에 발레 무용수였던 딸과 함께 마린스키 극장에서 찍은 사진 액자를 바로 세우고, 또 벽에 걸어놓은 액자 속 차이코프스키 얼굴을 가만히 바라보기도 했다.

슬옹이는 긴장했다.

늘 산타클로스처럼 웃어주던 교수님이 저렇게 무표정한 모습으로 걸어 다니는 것도, 자기를 앞에 두고 저렇게 오랫동안 말을 걸지 않은 것도 처음이었다.

드디어 루간스키 교수는 슬옹이 앞에 앉았다.

루간스키 교수가 고개를 숙인 슬옹이를 뚫어지게 보았다. 슬옹이는 교수가 착용하고 있는 선글라스가 빛을 통과하지 않았으면 하고 바랐다. 그러면 교수님이 자신을 볼 수 없을 텐데. 또 자신의 선글라스도 빛이 통과하지 않기를 바랐다. 교수님의 낙담한 얼굴을 보지 않도록.

루간스키 교수는 차갑고 냉랭한 어조로 말했다.

"나는 매우 실망스럽다. 아브마니바띠샤*!"

"죄송합니다. 하지만 박 교수님이 너무 심한 말을 했어요. 저한테."

루간스키 교수는 슬옹이를 노려보았다.

"넌 아주 크게 착각하고 있구나! 스롱! 나는 누구보다 규율과 질서를 중요하게 생각하는 사람이다."

"저를 악마라고 했고 폐인이라고도 했어요. 형식을 지키지 않고 제멋대로이고 버릇이 없다고 했어요. 루간스키 교수님 힘만 믿고 까분다고."

"스탑!"

슬옹이는 입을 닫았다.

"너를 단계적으로 가르칠 생각이었다. 어떤 피아니스트는 상트페테르부르크의 세인트 이삭 대성당처럼 규칙적이고 구조적이며 단계적인 교수법이 필요하고, 또 어떤 피아니스트는

---

\* обма́нываться : 실망하다

아일랜드 해변에 풀어놓은 사슴처럼 자유롭게 내버려둬야 할 때도 있다. 너는 후자였어. 너 같은 피아니스트에게 규칙을 강조하면 네 내면에 있는 무한한 상상력과 자유가 사라질 게 뻔하니까. 사실 다른 교수들이 보기엔 내 변칙적인 교수법이 마음에 들지 않을 게 분명하다. 특혜로 보일 수 있으니까. 하지만 나는 결코 너를 다른 학생들보다 더 배려한 적은 없다. 박 교수가 너에게 형식을 무시한다고 소리쳤다지? 틀린 것 같니? 저 혼자만 하는 예술은 의미가 없다. 예술에는 반드시 형식이 필요해. 외계인이 나타나 자기 행성어로 우주 최고의 진리를 말하거나 예술의 도를 인류에게 말해본들, 인류가 알아듣지 못한다면 무슨 소용이지? 그 외계인이 말하는 진리는 진리가 아니고 예술도 예술이 아닌 것이다. 예술은 사람들이 이해할 수 있는 형식 안에서 이루어져야 한다."

선글라스 너머 루간스키 교수의 푸른 눈이 점점 사나워졌다.

"박미자 교수 말이 틀리지 않는다. 베토벤을 치든, 쇼팽을 치든, 슈만을 치든 연주자는 작곡가가 표기한 지시어에 성실해야 한다. 형식을 무시하고 기분대로만 연주하려는 성향이 너한테는 분명하게 존재한다!"

슬옹이는 듣기만 했다.

"그리고 예술가는 악기를 소중하게 다루어야 한다. 피아니스트가 감히 피아노를 부수다니! 형편없는 녀석!"

슬옹이는 어금니를 꾹 깨물었다.

루간스키 교수의 화난 목소리에 눈물이 나려 했다.

그동안 할아버지처럼 인자하게 대해준 분인데, 슬옹이는 그 분을 실망시켰다는 게 마음 아팠다.

루간스키 교수는 그토록 아껴주었던 슬옹이의 재능마저 짓밟듯 소리쳤다.

"건방진 녀석! 쓰레기보다 못한 정신!"

분노에 차서 단호하게 내지르는 루간스키 교수의 목소리에 슬옹이는 정신이 번쩍 들었다.

자신이 되돌릴 수 없는, 너무 큰 잘못을 저질렀다는 걸 깨달았다.

택배

1

일주일째 학교에 가지 않았다.

국립 백합예술원에서는 슬옹이의 행동을 천재와 영재들을 관리하는 대한민국 영재교육청에 알렸고, 영재교육청은 백합예술원의 권고를 받아들여 한 달 동안 근신 처분을 내렸기 때문이다.

그 일이 있고 난 뒤 아빠는 한 달째 서울에 오지 않았다.

아빠는 제주도에서 머물고 있었다.

직업이 게임 서버 프로그래머였던 아빠가 혼자 제주도로 내려간 것은 슬옹이가 일곱 살 때였다. ㄱ 기업은 유명한 게임을 서비스하는 미국 회사로, 직원의 쾌적한 개발 환경을 위해 개발진과 개발연구소를 제주도에 두고 있었다.

슬옹이는 초등학교 때까지 서울 종로구 옥인동에서 엄마와 살았다. 아빠는 한 달에 두어 번 주말마다 가족을 만나러 왔다. 아빠는 작년 마린 포지X-변용 99가 한창 유행하던 때, 회사가 문을 닫자 일자리를 잃고 서울로 올라왔다. 마린 포지X-변용 99라는 이름의 바이러스는 사십 년 전 지구에 대유행했다던

코로나 바이러스와는 차원이 달랐다. 바이러스가 퍼진 지 사년 만에 인류의 사분의 일이 사망했다.

마린 포지X-변용 99는 사이언 포지 바이러스가 변용된 신종 바이러스이다. 사이언 포지 바이러스는 외막이 둘러싸인 RNA 게놈을 가진 바이러스로 전염성 기관지염이 걸린 닭, 전염성 위장염에 걸린 돼지, 중증도의 간염 또는 신경 증상을 가진 쥐에서 처음 발견되었다. 그 후 사이언 포지는 삼십 년간 지구상에서 사라졌다가 사 년 전인 2073년 바닷물에 수영하러 들어간 사람에게서 다시 발생했다. 그 때문에 원래 이름인 사이언 포지에서 마린 포지 바이러스로 바뀌었다.

전염 경로는 시선이다.

시선을 맞추면 감염된다는 것.

감염된 사람들은 물속에서 눈을 뜬 것처럼 시야가 굴절되어 사물이 흐물거리는 현상을 경험하다가 일주일 안에 실명한다. 그리고 고열과 통증이 생기면서 탈진이 일어나고 결국 사망한다. 감염되고 사망할 때까지 걸리는 기간은 보통 육 개월이다.

시선을 맞추면 전염되는 바이러스.

원인은 밝혀지지 않았다.

인류는 이제 연인이든 자식이든 그 누구와도 시선을 맞출 수 없게 되었다. 사람들은 몇 십 년 전 바이러스 감염을 피해 마스크를 썼듯 이제 선글라스를 착용했다. 미술관에서 혼자 그림을 보려고 몰래 선글라스를 벗다가는 그대로 폐쇄화면에 찍혀 구속되었다. 각 나라는 너나 할 것 없이 세 명 이상의 군중이 존재하는 곳에서 선글라스는 절대로 벗을 수 없다는 법을 제정했다.

막 태어난 신생아를 보는 산모와 가족들도 선글라스를 착용했다. 사람들은 처음 만나 인사를 나눌 때면 셀카를 전송하는 것이 유행이었다. 현실에서 만나더라도 선글라스를 벗을 수 없기에, 서로의 얼굴을 보기 위해서 셀카를 스마트폰으로 주고받았다.

범죄자들은 머그샷을 거부했다. 그들은 인권을 무시한 처사라고 항의하는 게 아니었다. 함부로 선글라스를 벗다가 생명이 위태로워지는 것이 두려워서였다. 강남의 병원에서는 각막에 검은 렌즈를 삽입하는 수술이 대대적으로 유행했다. 대통령도 최근에 렌즈를 삽입하는 시술을 했다. 대통령이 선글라스를 착용하고 국민 앞에 설 수 없어서였다.

마린 포지 바이러스로 인류는 더욱 고립되어갔다. 사람들은 만남을 두려워했다. 가장 큰 문제는 불신이 커졌다는 것이다. 눈으로 상대를 볼 수 없자 상대의 의중을 알기가 어려워졌고, 결국 자기가 보고 싶은 것만 보게 되었다.

슬옹이가 그 전염병을 끔찍이도 싫어하는 이유는 따로 있었다.

엄마를 데려간 병이니까.

작년 엄마는 마린 포지X-변용 99에 감염되어 하늘나라로 갔다. 아빠는 엄마를 돌보기 위해 모아둔 돈을 모두 그러모아 치료비에 썼다.

슬옹이는 엄마의 마지막을 곁에서 지키지 못했다.

무균실 감염관리 수칙에는 십팔 세 이상 성인만 출입이 가능했다. 엄마의 마지막 숨결을 느낄 수 없었고 손도 잡을 수 없었다. 바이러스는 엄마와의 마지막 인사도 못하도록 가로막았다.

엄마가 돌아가신 후 아빠는 다시 제주도로 내려갔다. 아빠는 제주도에서 일하며 슬옹이의 학비와 레슨비를 보내주고 있었다. 슬옹이는 엄마와 살던 아파트에 혼자 지낸다. 옥수동에 사는 고모가 일주일에 한 번씩 와서 빨래하고 반찬도 만들어놓고 간다.

'스타인웨이 앤 선스 폴리니 앤 루빈스타인' 피아노가 망가진 다음 날, 아빠는 비행기를 타고 서울에 올라와 곧장 백합예술원으로 가서 루간스키 교수를 만났다.

두 사람은 그날 꽤 오랜 시간 이야기를 나누었다.

교칙에 따르면 백합원 측은 슬옹이를 내보내야 했다. 하지만 루간스키 교수는 원장의 직권으로 슬옹이를 퇴학시키지 않기로 결정했다.

'대신 내가 원장직을 내려놓고 러시아로 가겠다.'

누구도 생각지 못한 결단이었다.

교수들은 이후 슬옹이의 퇴학을 입에 담지 않았다. 반대파 교수들은 슬옹이 문제는 관심도 없었다. 공정하고 고른 선발을 중요시하던 루간스키를 내보내고, 자신들의 파벌을 과시하는 게 더 중요했다. 루간스키 교수는 아빠에게 자신이 슬옹이를 위해 할 수 있는 일은 그것뿐이라며 한탄했다.

백합예술원의 연락을 받은 고모는 쓰러진 슬옹이를 자신의 집으로 데려와 돌보았다.

의사는 가벼운 발작 증세인 것 같다고 화상으로 진단했다. 슬옹이는 의사가 처방해준 신경안정제를 먹고 이튿날까지 깊게 잠들었다. 아빠는 서울 집에 들르지 않고 곧바로 제주도로 돌아갔다. 공항에서 슬옹에게 문자를 보냈는데, '내일 회사 회의가 있어서 바로 간다'고 했다.

'흥. 일이 더 중요한가 보지.'

깨어난 슬옹이는 아빠가 의도적으로 자신을 만나지 않으려 한다고 느꼈다.

스마트폰에 긴 메시지가 와있었다.

아빠가 오늘 루 교수님을 만나서 식사했어. 오늘은 일단 내려가고, 이번 주말에 다시 올게. 자세한 이야기는 그때 만나서 하자. 비행기 시간이 임박해서 집에 가지 못하겠구나. 네가 불안해할까 봐 일부러 전화하지 않는다. 밥 잘 챙겨 먹고 게임 많이 하지 마. 알겠지? 무슨 일이 있으면 고모한테 전화해.

그리고 다시 문자가 왔다.

오늘 스트롱의 하루가 아름답기를.

아빠는 슬옹이가 강해지길 바란다는 의미로 늘 스트롱이라고 불렀다.

슬옹이라는 이름은 외할아버지가 지어주었다.

한문교육과 교수였던 외할아버지는 유일한 외손자 이름은 한글로 지은 것이다.

슬기로운 옹달샘.

퐁퐁 쏟는 샘처럼 무한한 자질을 펼치되, 슬기로운 사람이 되라는 뜻이었다.

아빠가 마음대로 스트롱이라고 부르면 엄마는 아빠를 못마땅하게 노려보곤 했다. 그런데도 아빠는 슬옹에게 우울한 일이 생기면 어김없이 스트롱이라고 불렀다. 왜 그렇게 부르냐고 물어보면 아빠는 이렇게 말했다.

"강해져야 해. 아무리 힘든 일이 있어도 마음이 강하면 이겨내고 더 열심히 살 수 있단다."


마치 엄마가 일찍 하늘나라로 갈 것을 예감이라도 한 듯이, 무슨 일이 생겨도 강해져야 한다고 한 것 같았다.

## 2

일주일을 꼬박 집에서 혼자 지냈다.

사람을 만나기도 싫었지만, 선글라스를 착용하기가 무엇보다 싫었다. 수요일과 목요일에 고모가 다녀갔다. 고모는 가지고 온 김치만 먹기 좋게 썰어서 냉장고에 넣어두고 청소를 한 후 금방 겉옷을 입었다. 고모도 어린이집에 맡겨둔 조카 지안이를 데리러 가야 했고 또 오후에는 병원에 누워있는 고모부에게 가야 하기에 오래 있을 수 없었다. 고모부는 불특정한 바이러스 증상으로 한 달째 입원해 있었다. 고모는 슬옹이가 한 짓에 관해 아무 말도 하지 않았다.

토요일.

일주일 동안 피아노 뚜껑을 한 번도 열지 않았다. 좋아하던 플레이스테이션*도 켜지 않았다. 종일 헤드셋을 끼고 랩만 들었다. 침대에 누워있다가 일어나 밥을 먹고 다시 소파에 누웠다. 거실 스트리밍 앰프에 저장해둔 랩과 록 음악들을 모조리 들었다. 앰프와 연결된 TV에는 오십 년 전의 유명 래퍼 켄드릭

---

\* 소니사에서 나온 비디오게임

라마\*가 〈험블HUMBLE〉을 부르고 있었다.

스트리밍 앰프는 멜론 벅스뮤직, 애플 뮤직, 타이달 등 디지털 음악 사이트에서 음악을 받아서 출력할 수 있는 기계이다. 내장 앰프가 장착되어 있어서 스피커에 연결하고 인터넷 선만 끼우면 가입한 스트리밍 사이트에서 음악을 들을 수 있다. 또 이 기기에 텔레비전을 연결하면 TV 화면이나, 유튜브, 영화나 게임을 즐길 때 앰프에서 출력되는 강력한 사운드를 즐길 수 있다.

띵동~

초인종 소리에 눈을 떠 시계를 봤을 때 거실에 놓아둔 스트리밍 앰프의 액정에 표시된 시간은 오전 열한 시 사십오 분이었다.

'올 사람이 없는데?'

슬옹이는 엉겨 붙은 머리를 긁으며 소파에서 일어났다.

선글라스를 착용하고 현관문을 열자 다짜고짜 우체부 아저씨가 단말기를 내밀었다.

---

\*   켄드릭 라마(1987~) 캘리포니아 출신의 래퍼. 퓰리처 상을 수상했다.

"사인해."

우체부 아저씨는 바쁘다는 표정을 지었다.

종종 아빠가 귤이나, 말린 생선들을 보내오기에 우체부 아저씨는 이 집에 고등학생 혼자 살고 있다는 것을 잘 안다.

단말기 액정에 정자로 또박또박 이름을 쓰고 펜을 돌려주었다. 아저씨는 단말기에 부착된 바코드 카메라를 노란색 등기 봉투에 붙어있는 바코드 스티커에 스캔한 후 봉투를 내밀었다.

"그 봉투, 바이러스 방어막 처리가 되어있더라. 우편물에 그런 처리를 하려면 꽤 비싼데, 중요한 등기인 모양이야."

아저씨는 그렇게 말하고 열리는 엘리베이터 쪽으로 갔다.

방어막 처리는 우체부 아저씨의 스캐너에만 보일 뿐 인간의 눈에 보이지 않는다. 슬옹이는 받아든 소포를 멍하게 바라보았다. 그저 평범한 노란색 봉투였다. 봉투는 정사각형이었는데 십자가 형태로 사면에 선물 포장용 마 끈이 묶여있었다.

보낸 사람 자리에는 명예의 전당 연합(Hall of Fame Union)이라는 글씨와 사람의 두뇌 모양의 아이콘이 그려져 있었다. 아이콘 아래에는 줄임말로 HOFU라는 약자가 찍혀있었다. 받는 사람은 슬옹이다.

"명예의 전당 연합? 이게 뭐지?"

끈을 풀고 봉투를 열었다.

안에는 달랑 USB 하나와 안내문 한 장이 있었다.

안녕하세요. 명예의 전당 연합(Hall of Fame Union) 코리아 지부입니다. 본사는 임종찬 씨의 뜻에 따라 입력기를 우송합니다. 입력기는 USB 3.0 이상의 기기에 적용할 수 있으며……

더는 읽어보지 않았다.

아빠 이름을 본 순간 불길한 예감이 들었다.

USB 안에 든 내용을 보기 위해 거실에 놓아둔 스트리밍 앰프의 USB 입력단자에 꽂았다. 그러면 앰프와 연결된 거실 TV로 내용이 보일 것이었다.

켄드릭 라마의 영상이 사라지고 '외부 입력'이라는 푸른색 화면에 푸른 물결이 흐르는, 마치 게임 로딩 같은 화면으로 전환되었다.

얼마쯤 지나자, TV 화면 한가운데 인간의 두뇌를 디자인한 아이콘이 하나 생겨났다.

리모콘 포인터로 세계미래인연합 코리아라는 촌스러운 이름의 아이콘을 클릭했다. 화면이 다시 초록색 배경으로 전환되더니 물결무늬로 바뀌었다. 화면 앞에 둥둥 3D로 모델링 한 촌스러운 각면의 인간 얼굴이 생겨났다. 마치 석고상 같은 얼굴이었다.

석고상은 360도 빙빙 돌기 시작했다.

슬옹이는 점점 불길한 감정이 들었고, 목 아래에서 메스꺼움이 밀려왔다. 곧 석고상 같은 얼굴 모델링은 껍질을 탈피하듯 표면이 모래처럼 흩어지더니, 형체를 드러냈다. 이번에는 굉장히 정교하고 사실적인 인간 얼굴이었다. 그러나 진짜 살아있는 인간은 아니었고 비디오게임에서나 볼 수 있는 정교한 그래픽 얼굴이었다.

"으아아악!"

그 얼굴을 보고 슬옹이는 입을 틀어막았다.

화장실로 달려간 슬옹이는 변기 뚜껑을 열고 구토를 하고 말았다.

TV 화면 속에 있는 얼굴.

그 캐릭터 얼굴은 맙소사,

아빠였다.

오르락내리락하는 가슴을 진정시키며 TV 화면을 노려보았다. 분명 아빠였다. 아빠 얼굴은 잘 만들어진 최신 비디오게임 캐릭터처럼 섬세하게 모델링되어 있었다.

평소 수염이 많은 아빠처럼 턱에 촘촘한 탑삭나룻이 박혀있고, 굵은 목은 막 면도했을 때처럼 허옜다. 짙은 눈썹과 속눈썹도 그대로였다. 머리카락도 한올 한올이 살아있는 듯했다. 모든 게 완벽한, 실사 같은 느낌이었지만 이질감이 드는 것이 하나 있었다.

눈동자다.

검은 눈 속에서 반짝이는 것들은 마치 우주 공간 속 은하계처럼 그윽하고 촘촘했다. 그 눈을 보니 이것이 실사 매핑이 아니라 3D 그래픽으로 만들어진 모델링이라는 것을 알 수 있었다. 그 어떤 장치도 어떤 개발자도 인간의 눈만은 있는 그대로 표현하지 못한다.

'아빠가 새 게임을 런칭하시나?'

캐릭터는 아직 슬옹이를 감지하지 못하고 있었다.

슬옹이가 외부입력 아이콘 옆, 카메라 아이콘을 활성화했다. 그러자 화면 속 캐릭터가 슬옹이와 시선을 정확하게 맞추었다.

-안녕, 스트롱!

슬옹이는 대답하지 않았다.

-스트롱, 아빠야!

슬옹이는 주변을 둘러보았다.

천장이나 어딘가에 몰래카메라가 있고 제주도에서 아빠가 그 화면을 보면서 장난치는 것 같았다. 화면 속 캐릭터는 한쪽 눈썹을 찡그리며 놀리는 표정을 지었다.

-아하하, 아니야. 아니야. 몰래카메라 같은 건 없으니까 천장 쪽을 보지 마. 화면을 보고 나와 대화하면 돼.

"……아빠?"

-그래!

"진짜 아빠라고?"

-그래!

"지금 회사에 있을 시간 아니에요?"

-으흠, 그렇지. 예전 같으면.

예전 같으면?

-회사는 출근하지 않는다. 이제.

"짤리신 거예요?"

-으흠. 아니, 짤리지도 않았다. 나는.

살짝 어순이 이상하다.

"제주도에 계신 거 맞죠?"

-제주도? 으흠. 제주도에 있다고 해야 할까, 아니면 서울에 있다고 해야 할까. 참으로 대답하기 어려운 질문으로 여겨진다.

질문으로 여겨진다?

참으로?

확실히 이상하다.

구어체가 아닌 문어체다. 또 저 캐릭터는 슬옹이가 묻는 말에 복명복창하듯 단어를 확인한 후에야 대답하고 있다. 세 번의 물음이 전부 그랬다. 제주도에 계시냐고 물으니까 저쪽은 제주도? 으흠, 이라며 되묻는다. 어딘가 부자연스러운 대화법이다.

슬옹이는 화면을 노려보았다.

-하하하, 그렇게 보지 마. 나는 진짜 네 아빠야. 오늘 하루 어땠니? 아름다웠니? 어땠어? 어땠느냐고~오.

음, 저런 말투는 또 진짜 아빠 같은데. 마지막은 또 좀 어색하고.

"저기요, 아저씨. 말투도 조금 이상하고, 아무래도 우리 아빠가 아닌 것 같은데요. 새끼야, 너 누구냐?"

-헐, 새, 새끼?

그러자 화면 속 캐릭터가 살짝 난감한 표정을 짓다가 짙은 양쪽 눈썹을 니은 자(ㄴ)로 만들더니 한숨을 쉬었다.

-그럴 만도 하지. 당연해. 너는 인간의 시선을 지녔으니까.

"뭐야? 내가 인간이지, 그럼 로봇이냐?"

-스트롱, 지금부터 내 말을 잘 들어야 한다.

"듣고 있으니까 말하기나 해."

-잘 들어……잘……잘 들으면 된다……잘, 잘.

우이씨. 버그가 발생했네.

저건 아빠가 아니라 게임 캐릭터이다. 잠시 화면이 자글거리다가 다시 깨끗해졌다. 그래픽이 말했다.

-나는 네 아빠가 맞다. 내 정신과 의식 그리고 추억은 전부 임종찬이다. 육신이 없을 뿐이지. 나는 인공지능 AI로 새로 태어났단다.

인공지능?

AI?

화면 속의 수염이 까슬까슬하게 난 캐릭터는 코를 벌름거렸다.

-역시 놀라는구나. 내 말투가 조금 어색할 수도 있어. 그건 전산 프로그래밍이 인간의 숨소리에 맞도록 흘리는 계산이 아직 적응하지 못해서야. 그러니까 인간처럼 말끝을 흘린다든가, 하는 것까진 구현하지 못해서 네가 어색하게 여기는 거다. 그리고 내가 자꾸 반복해서 되묻거나 혹은 확답을 얻기 위해 여러 번 다짐을 받는 이유는 슬옹이 네 표정이 나에게 정확하게 전달되지 않기 때문이야. 내가 네 표정 속 의도를 알아차리지 못하는 거지. 0과 1로 이루어진 인공지능은 그것까지는 잡아내지 못해. 아무튼 나는 네 아빠가 맞고 임종찬의 의식을 인공지능에 이식했어. 몸과 마음이 있는 인간이 아닌, 데이터로만 이루어진 인간이라는 게 다를 뿐이다. 으흠, 결론부터 말하면 나는 육신을 맡기고 내 정신을 인공지능으로 전환한 거다, 스트롱.

누군가가 아빠와 자신에게 위험한 장난을 치는 것 같았다.

신종 보이스 피싱일 수도 있었다. 이런 건 보지도 듣지도 말고 폐기해야 한다고 생각했다.

슬옹이는 조심스레 일어났다.

– 어디 가니?

화면 속 캐릭터가 물었다.

슬옹이는 현관으로 가 신발장에서 망치를 들고 TV 앞으로 걸어왔다. 화면 속 수염 난 캐릭터가 눈을 동그랗게 떴다.

뭐, 뭐 하려는 거냐? 스트롱? 슬옹아. 스롱! 야!

화면 속 아빠를 지극히 닮은 컴퓨터 그래픽은 당황하는 표정을 지었다.

"이깟 USB, 내가 못 부술 것 같아?"

턱에 촘촘하게 수염이 박힌 못생긴 남자 캐릭터가 다급하게 말했다.

– 자, 잠깐만. 그러지 마. 앰프에 끼운 USB를 지금 뽑으면 안 돼. 네가 내 주인임을 인증하고 HOFU 본사에 네트워크 아이디를 받아야 한다고. 네트워크로 아이디가 승인 나면 USB 없이 네 스마트폰에 나를 전송할 수 있게 돼. 그전까지 이 USB를 잃어버리거나 상하게 하면 안 되는 거야. USB를 재발급 받으

려면 모든 걸 새로 등록해야 한다고. 그땐 네가 미국으로 직접 가야 해. 어어, 슬옹아.

에잇-

슬옹이가 앰프에 꽂힌 USB를 단박에 뽑았다.

그 순간 TV 화면이 빠르게 푸른색으로 변하더니 다시 밝아졌다. 뽑힌 USB는 슬옹의 손에 있는데 신기하게도 아빠인 척하는 저 캐릭터 얼굴은 화면에 그대로 남아있었다.

캐릭터가 말했다.

-위급상황에 대처하는 법이 내 머리에 프로그램 되어 있지. USB의 데이터가 텔레비전 내장하드로 백업 처리되어 전송했어. 다행이다. 자, 자. 흥분을 가라앉히고 아빠 말옥 들어봐.

슬옹이는 현관으로 달려가 야구방망이를 들고 돌아왔다.

"내가 수십억짜리 피아노도 부순 놈이야. 알아? 이깟 텔레비전을 못 부술 것 같아? 어디 기분 나쁘게 우리 아빠 흉내를 내고 있어. 스팸 덩어리야!"

캐릭터가 화난 표정을 지었다.

-어허, 이 녀석이 언제부터 이렇게 방망이를 들고 설쳤냐! 막 나가기로 했냐?

"그래! 막 나가기로 했다! 엄마가 돌아가셨을 때부터!"

그날, 피아노를 부순 일주일 전의 상황이 데자뷔처럼 떠올랐다. 좋지 않은 기분이었지만 한 번 더 느낀다고 달라질 건 없었다.

- 나 아빠야! 아빠라고! 야!

슬옹이가 눈을 감고 방망이를 휘두를 때, 화면 속 캐릭터가 외쳤다.

- 호두야! 제발.

슬옹이가 움직임을 멈췄다. 화면 속 수염 난 캐릭터는 눈을 감고 고개를 돌린 채 벌벌 떠는 모습이었다.

"뭐라고 그랬지?"

캐릭터가 한쪽 눈을 떴다.

"방금 뭐라고 그랬냐고."

- 호두. 호두라고 그랬지.

"새끼야! 그걸 니가 어떻게 알고 있지?"

화면 속 캐릭터는 찡그린 얼굴을 펴고 환하게 웃었다.

- 내가 니 아빤데 그걸 모르겠어? 야, 그리고 아빠한테 새끼가 뭐냐?

그랬다.

아빠가 슬옹을 '스트롱'이라고 멋대로 부르는 것을 못마땅해한 엄마가 하늘나라로 가기 직전, 그러니까 아빠가 엄마의 임종을 지켜보려고 중환자실에 들어갔을 때 엄마의 입에서 힘겹게 나온 단어였다, 호두는.

엄마는 고통스러운 숨을 간신히 내쉬며 슬옹이에게 영상 메시지를 보냈다.

병원 규정상 엄마를 보지 못한 슬옹이는 복도에서 울고불고하며 간호사들과 실랑이를 벌이고 있었다. 하나뿐인 엄마의 마지막을 보기 위해 들어가려고 몸부림쳤지만, 들어가지 못했다. 지금은 비상시국이었고, 병원 규정은 매우 엄격했다. 얼마 후 그곳에서 나온 아빠가 벌게진 눈으로 슬옹을 껴안았다. 아빠는 말없이 스마트폰 액정을 보여주었다. 영상 속 엄마는 초점이 흐린 눈으로 천장을 보며 가쁜 숨을 몰아쉬고 있었다. 코에 호스가 늘어져 있는 엄마의 모습은 만들다 만 찰흙 같았다. 광대는 미라처럼 튀어나와 있었다.

엄마는 마른 입술을 자꾸 깨물며 힘겹게 정신을 차리려고 노력했다. 자꾸 뒤로 넘어가려는 눈을 바로 잡고 고통스럽게 아빠가 녹화하고 있는 스마트폰 액정을 보며 간신히 입술을 움직였다. 띄엄띄엄, 어눌하고 바람 빠진 듯한 발음이었지만 슬옹이는 전부 알아들을 수 있었다.

"……슬옹이를……부르는……엄마만의……이……름이 있었어. 호두야……엄마가 없어……도……호두처럼……단단해지……길……바란……다. 사랑……한……다……내……아……들."

호두라는 이름.

엄마다운 이름이었다.

그 말을 처음 들었을 때 아빠가 부르는 스트롱보다 훨씬 좋다고 생각했다.

엄마는 건강할 때 그 이름을 한 번도 불러주지 못했다.

"그 이름을 어떻게 아냐고, 니가!"

-어떻게 알긴. 내가 영상을 찍었으니까.

엄마의 마지막 영상은 당시 슬옹이가 삭제해버렸다. 직접 임종을 지켜보지 못한 것이 너무 화가 나서 그 영상을 보고 싶지도 보관하고 싶지도 않았다. 나중에 그 영상을 지운 것을 후회했다. 아빠는 예술가라면 그 정도 감정의 증폭은 있어야 한다

고 위로했지만, 슬옹은 엄마 영상을 지워버린 것이 두고두고
아팠다. 죽을 때까지 후회할 거라고 생각했다. 그런데 저 그래
픽 모델링이, 아빠를 닮은 그래픽 따위가 그걸 알고 있다니.

그렇다면 진짜 아빠가?

"그러면 아빠 몸은 지금 어디에 있는데?"

－내 몸은.

촘촘하게 턱수염 난 그래픽 모델링은 입술을 한번 할짝댔다.
그리고 천천히 말했다.

－냉동되어 있지.

"냉동? 왜?"

－팔았지.

"몸을 팔았다고?"

－응.

그래픽이 밝게 웃었다.

"뭐 때문에?"

－피아노 값을 물어야 하니까, 스트롱.

# 가파도 푸른 밤

1

제주도는 큰 섬이다.

'제주도는 한라산이며 한라산은 제주도이다'라는 말도 있다. 섬은 중심에 우뚝 솟은 한라산이 분화하면서 넓게 퍼져 땅을 이룬 한라산체이다.

면적은 1,833.2제곱킬로미터로 서울과 인천 전체, 그리고 부천 시와 의정부시 등의 경기도 일부가 합쳐진 정도로 넓다. 지방으로 치면 부산과 울산을 합친 크기와 비슷하며 강원도 홍천군이 면적과 비슷하다. 미국에서도 제주도보다 큰 섬은 3개뿐이며, 프랑스에서도 제주도보다 큰 섬은 나폴레옹이 태어난 코르시카 섬뿐이다.

스마트폰 액정을 휙휙 넘겨가며 제주도에 관한 정보를 읽던 슬옹이는 지도가 나오자 손을 멈추었다.

제주도 지도를 한참 바라보았다.

타원형의 아포카토 같은 섬에 공항이 있는 제주시가 섬의 북쪽을, 아래에 있는 서귀포시가 섬의 남쪽을 관장하고 있었다. 슬옹이가 가야 할 가파도는 제주도 남쪽에서 다시 떨어진 바다에 있는 아주 작은 섬이었다.

-조건이 또 하나 있었다.

그날 아빠는 루간스키 교수가 대한민국 영재교육청과 약속한 내용을 슬옹이에게 말해주었다.

"뭔데요?"

-일 년 동안 섬에서 지내야 하는 것.

"네?"

-내 몸을 팔아서 피아노 값을 갚는다고 이번 일이 끝나는 게 아니야. 네가 부순 피아노는 우리나라의 국보와 비슷한 대우를 받았던 물건이야. 루간스키가 간곡하게 너를 구제해달라고 사정했고, 영재교육청도 너의 재능을 높이 사서 낙도 아이들을 가르치는 조건을 내걸었어. 네 잘못을 그냥 넘어갈 순 없지. 도덕적 책임을 지려면 네 능력으로 도덕적인 행위를 일정 기간 해야 한다는 거지. 사회봉사 기간을 주는 거라고 생각해.

"꼭 가야 해요?"

-정신 차려, 스트롱. 그나마 아빠 고향인 제주도로 배정받은 것도 다행이라고 생각해라.

"섬에 가서 무슨 봉사를 해야 하는데요? 쓰레기 줍기요?"

-초등학교 하나가 있는데 거기서 음악을 가르치는 거다.

"엥? 자, 잠깐. 초등학교 하나라뇨? 그럼 전 학교를 어떻게 다녀요?"

-학교 다니고 싶냐?

"아니 아빠, 저 고등학생이라구요. 아직은 학교에 다녀야 하는 나이라구요. 그런데 초등학교 아이들에게 음악 수업을 하라니요. 게다가 레, 레슨도."

-구 년 전부터 교육 편제가 달라졌잖아, 수능두 없어졌고, 대학교도 전국에 딱 두 곳만 있는데 무슨. 그리고 너는 피아노 전공인데 학교에 다닐 필요가 있니?

"아빠, 무슨 아빠가 그래요? 그래도 공부는 해야 한다구요."

-어허, 우리 아들 피아노 하나 박살내고, 아빠 몸을 얼리더니 이제야 정신을 차렸나보네? 공부는 해야 한다? 크핫하하.


웅웅거리는 소리만 가득하던 비행기에서 곧 제주공항에 도착한다는 기장의 안내방송이 흘러나왔다. 제주공항에 도착한 슬옹이는 곧장 택시를 탔다. 아빠는 일찌감치 이삿짐센터에 연락해 서울 집에 있던 가구와 책과 물품들을 옮기도록 했다.

슬옹이는 스마트폰을 주머니에 넣고 달리는 택시의 창밖을 바라보았다. 밭들이 줄지어 따라왔다.

슬쩍 선글라스를 올리고 바라보았다. 검은 밭은 싱싱하다 못해 푹신해 보였다. 군데군데 쌓아둔, 캐놓은 마늘 더미가 보였다.

사십 분쯤 달린 택시는 서귀포에 있는 운진항에서 멈췄다. 가파도로 가려면 이제 항구에서 여객선을 타야만 했다. 가파도는 항구에서 먼 시야에 보일 만큼 가까웠다. 배로 십 분 거리다.

슬옹이는 표를 끊어 주머니에 넣고 선착장으로 갔다. 희고 커다란 여객선이 마침 들어오는 중이었다. 배가 정박하자 청보리를 구경하려고 가파도로 들어갔던 사람들이 줄줄이 내렸다. 그들은 선글라스에 아웃도어 신발을 신고 챙이 넓은 모자를 쓴 등산복 차림이었다. 한껏 고무된 얼굴이었고, 가파도에서 보낸 시간을 잊지 못하겠다는 듯 배에서 내려서도 한참이나 그 섬을 바라보았다.

여객선에 올랐다.

일부러 이 층 맨 뒷자리로 가서 이어폰을 켜고 스마트폰 앱을 열었다.

-어, 불렀냐?

아빠가 나왔다.

슬옹이는 선글라스를 내리고 액정을 보며 이마를 찌푸렸다.

"제주시도 아니고, 서귀포시도 아니고, 제주도 끝에서 배를 타고 더 가야 하는 섬이라니, 너무한 거 아녜요?"

-너무한 것 같냐?

"당연하죠. 외딴 무인도로 가는 기분인데."

-으흠, 무인도는 아니지만, 그 비슷한 분위기이긴 하지.

"제가 자연인이 되길 바라시는 거예요?"

-자연은 인간의 정신을 치유하는 힘이 있지.

아빠는 또 철학자 흉내를 냈다.

-동구 아저씨가 네 공부를 도와주실 게다.

"도, 동구 아저씨요?"

차동구 아저씨는 아빠 친구다. 아빠와는 미국 유학 시절을 함께 보냈고 한국에 돌아와 대학교수까지 지냈다. 그는 십 년 전 기타리스트가 되겠다고 교수직을 그만두고 서울을 떠났다고 들었다.

"동구 아저씨가 제주도에 있어요?"

－그럼. 가파도 초등학교 교장으로 있지.

동구 아저씨도 아빠와 고향이 같으니 제주도에 있다는 게 이상할 게 없다.

"근데 제가 뭘 가르친다고 그러세요? 초등학교 선생님이 되려면 정규 교사 자격증이 있어야 한다고요."

－후후. 넌 이미 쇼팽 국제 콩쿠르에 입상하지 않았니? 동구가 교육청에 네 교원 자격을 심사받았다. 네 실력이면 웬만한 음악 교사보다 나을걸.

그때 안내방송이 나왔다.

"우리 배는 이제 곧 가파도 선착장에 도착합니다. 승객 여러분들은 잊으신 짐이 없는지……."

배는 천천히 가파도 선착장에 정박하기 위해 속도를 늦추고 있었다.

2

섬에 들어갈 때 혈액검사는 필수였다. 공항에서 채취한 혈액
검사 증명서를 제출했다. 가파도는 정적만이 가득했다. 관광
객들이 전부 떠난 그곳은 텅 빈 놀이공원 같았다. 사람들이 보
이지 않자 슬옹이는 슬그머니 선글라스를 벗었다. 안경다리
에 목걸이 줄을 매달았기에 선글라스는 가슴에서 대롱거렸다.
서쪽 바다에 퍼지는 노을이 마치 거대한 주광색 조명을 켜놓
은 것 같았다. 점점이 퍼져있는 고적운은 마치 피를 머금은 듯
했다. 바다는 비늘 옷이라도 입은 듯 찬란했다. 이 넓고 광활한
바다와 하늘과 풀들과 바람이, 그리고 가라앉은 빛이 이렇게
조용했다니. 줄곧 도시에 살았던 슬옹이는 자연의 고요가 무
척이나 낯설었다.

  ―네가 살 집은 선착장에서 가까운 곳으로 잡아두었다.

  아빠는 슬옹이 스마트폰에 지도를 띄워주었다.

  지도 속 화살표는 선착장과 멀지 않은 곳이었다.

  해안에는 검은 돌들이 펼쳐져 있었다. 용천수가 나오는 빨래
터가 훤히 보이는 높다란 터로 가자 '청보리 수퍼'라는 간판이
붙은 파란 지붕 집이 나왔다.

선글라스를 착용했다.

문을 열자 떼롱, 유리문에 달린 종이 울렸다.

작은 가게 안에는 라면과 과자가 진열되어 있었고 높은 선반에는 두루마리 화장지가 잔뜩 쌓여있었다. 편지 봉투, 풀, 볼펜, 숯 등도 팔고 있었다.

"누구세요?"

내부에 딸린 작은 방에서 할머니가 문을 열며 말했다.

"손님 왔구나. 아차차."

할머니가 깜빡 잊었다는 듯 선글라스를 착용했다.

"선글라스, 너무 불편해."

쪼글쪼글한 파마를 한 할머니가 선글라스를 착용하고 슬옹이를 바라보았다.

사실 한쪽이 선글라스를 착용했다면 둘 다 선글라스를 착용할 필요는 없다. 하지만 모두 선글라스를 착용하고 대면하는 것을 기본 예의로 여겼다.

"저기, 여기 새로 이사 온……."

그때 스마트폰이 징징 울려댔다.

액정을 활성화하니 아빠가 나왔다.

—슬옹아, 아빠가 말하마. 할머니 앞에 가까이 대줘.

슬옹이가 할머니 앞에 스마트폰 액정을 내밀었다.

—어머니. 저 종찬이에요. 임종찬.

"옴마야, 종찬아. 너 왜 거기 있니?"

할머니가 깜짝 놀라며 소리쳤다. 이 할머니가 바로 아빠 친구 차동구 아저씨의 어머니였다.

"아이코, 어쩌다가 이렇게 됐어?"

할머니는 단번에 그래픽이 아빠임을 알아보았다.

—네네. 사정이 있어서 몸을 좀 팔았습니다. 저기, 이 아이는 제 아들입니다. 슬옹아, 정중하게 인사드려라.

슬옹이는 꾸벅 인사했다

아빠는 슬옹이의 사정을 설명하고 할머니와 약속한 바를 언급했다. 동구 아저씨 어머니, 그러니까 가게 주인 할머니는 스마트폰 속 아빠를 보며 고개를 끄덕였다.

"알았어, 알았어. 종찬이 네가 한 말, 나 다 알아들었으니 걱정 마라."

—잘 부탁합니다, 어머니. 근데 동구는요?

"동구는 요새 배 탄다."

-학교는 안 가고요?

"학교에 가는데, 수업은 안 하는 것 같더라."

-학생들 수업은요?

"그거 뭐 알아서 하겠지. 동구는 나랑 배 타고 바다에 나간다. 나 물질하는 데까지 동구가 데려다주거든."

-오늘은 안 나가셨네요? 물질.

"오늘은 동구 혼자 나갔어. 쓰레기 줍겠다고."

-바다에 쓰레기가 많나보네요.

"아주 많아. 바다에 가득해. 나 물질할 때 동구는 그 쓰레기들 줍지."

-근력은 정정하시죠?

"그럼. 아직도 팔십 미터는 단숨에 들어가지. 그런데 거기 있으니까 살 만하냐?"

-지낼 만합니다.

"거기는 선글라스 쓸 필요 없지? 편하겠구나."

-그럼요. 그건 좋아요. 하하. 그리고 어머니, 저는 어디 가지 않고요, 늘 이 녀석 옆에 있을 테니까요, 언제든 이 녀석이 버릇없게 굴거나 하면 저를 부르세요. 이 녀석한테 스마트폰을

보여달라고 하세요.

"알았어."

- 슬옹아, 할머니 말씀 잘 들어야 한다. 알겠지?

"네."

아빠는 예의 바르게 행동하라고 주문한 후 사라졌다.

할머니는 방에서 나와 슬리퍼를 신었다. 할머니는 구부정한 허리에 뒷짐을 지고 엉금엉금 걸어왔다. 그리고 슬옹이를 아래위로 한참을 훑어보더니 말했다.

"물 하나 갖고 오렴."

냉장고에는 콜라 등의 음료수, 생수와 맥주, 막걸리가 들어 있다. 가파도에는 편의점이 없다는 아빠 말이 떠올랐다. 슬옹이는 할머니가 시키는 대로 냉장고로 가서 삼백오십 리터짜리 삼다수를 꺼내 들었다. 그러자 지켜보던 할머니가 소리쳤다.

"그거 말고 큰 거, 큰 삼다수를 꺼내야지, 그걸로 내일까지 마실 수 있겠니?"

슬옹이는 작은 삼다수를 도로 넣고 큰 삼다수를 품에 안았다.

"라면도 하나 갖고 오렴."

"네?"

"밥도 안 먹었을 텐데."

"네."

"그러니까 그 컵라면 하나 들고 오라고. 여기 식당이 없어. 아니 옛날엔 있었지만 지금은 문 닫았어."

해가 기울지 않았지만 섬에 관광객들이 전부 빠져나갔으니 더는 장사를 하지 않는 게 당연하다.

"곁에 딱 붙어서 할머니 따라오렴."

할머니가 가게를 통해 집으로 들어가는 쪽문으로 몸을 돌렸다. 할머니를 따라가니 마당이 나왔다. 봉숭아와 상추와 파를 심은 마당의 시멘트 길을 지나자 널따란 판상이 있었고, 나무로 만든 그네가 있었다. 그 옆으로 직사각형 건물이 보였는데 한 동짜리 펜션이었다. 문 자물쇠가 부착된 현관문 세 개가 있었다. 아마도 관광객을 받는 방들인 것 같았다.

"별표 누르고, 공사이이 누르고 다시 별표."

할머니는 띡, 띡, 띡, 도어락 버튼을 눌렀다.

띠로리– 문이 열렸다.

"외웠니?"

"네?"

"비밀번호 외웠냐고."

"벼, 별표랑 공사……."

"이이!"

"아, 네. 외워둘게요."

안은 복층 원룸이었다. 그렇다면 이 건물 옆의 두 객실도 같은 구조일 테다.

안에는 TV와 책상이 있었다.

그리고 신시사이저가 있었다. 이동할 수 있는 접이식 거치대에 수평으로 놓여있었는데, 피아노 대용으로 아빠가 마련해둔 것 같았다. 방은 크지 않았는데, 나무 계단을 타고 다락방으로 올라갈 수 있도록 된 복층구조였다. 계단으로 올라가니 자은 매트리스가 놓여있었다. 매트리스 머리맡에는 작은 창이 뚫려 있었다.

그 창으로 넓은 바다가 보였다.

창 옆에는 작은 CD 플레이어 겸용 블루투스 앰프와 작은 데스크톱 스피커가 있었다. 이 또한 피아노 치는 슬옹이가 연주를 들을 수 있도록 아빠가 마련해둔 것 같았다.

다시 계단을 내려가니 할머니가 싱크대 앞에서 작고 굽은 등을 보이며 그릇들을 씻고 있었다. 작은 싱크대 옆에는 가스레인지도 있었다.

할머니가 말했다.

"가스는 안 들어와. 너 혼자 가스 불 켜고 뭘 해 먹을 생각 말고, 밥은 동구랑 강웅이랑 함께 먹어라."

"강웅이요?"

"내 손자! 동구 동생 상구의 아들이다."

"그냥 전 컵라면 먹으면 돼요."

"라면만 먹고 살 수 있겠니?"

"할머니 밥도 안 먹을게요. 남에게 폐를 끼치는 건 죽기보다 싫어서요."

"죽기보다 싫어? 나 너 밥 공짜로 주는 거 아니야. 너네 고모에게 한 달에 밥값으로 삼만 원 받기로 했어. 너네 아빠와 어릴 때부터 잘 아니까 그 정도만 받는 거야. 나는 너네 고모도 알지. 이렇게까지 말하는데 굳이 컵라면을 먹겠다면 저기 봐라."

할머니는 책상 옆 선반에 놓인 커피포트를 눈으로 가리켰다.

할머니가 나가자 아빠를 불렀다.

"아니, 여기서 혼자 살라고요?"

-왜 마음에 안 들어? 피아노는 가지고 오지 못했다. 솔직히 팔려고 내놨어.

"피아노가 문제가 아니고요, 밥도 못 해 먹잖아요."

-어라, 동구 어머니가 밥해 주기로 했는데?

"저, 엄마 밥이랑 고모 밥만 먹는 거 아시잖아요."

-이제 엄마와 고모는 없다.

"전부 싫어요. 이 방도, 이 섬도. 다시 서울에 갈래요."

-영재교육청과 백합원과 루간스키 교수와 한 약속이야. 지켜야 해.

"아, 몰라요. 갈래요, 내일."

-스트롱, 부러지고 싶냐?

아빠가 나직하게 말했다.

슬옹은 꿀꺽 침을 삼켰다.

부러지고 싶냐. 이 말은 엄마가 최고로 화가 났을 때 하는 말이었다. 아빠는 늘 강한 사람이 되라고 슬옹이를 스트롱이라고 불렀지만 엄마는 강한 것은 전부 부러진다고 말했다. 그래서 엄마는 항상 겸손하고 부드러운 사람이 되라고 가르쳤다. 아빠와 엄마는 중요하게 생각하는 게 서로 달랐다.

슬옹이가 떼를 쓰거나 어처구니없는 소리를 해서 화가 나면 엄마는 늘 이렇게 말했다.

부러지고 싶니?

엄마가 없는 지금, 그 말을 아빠가 하고 있었다.


3

가파도의 밤은 적막했다.

슬옹이는 매트리스에 누워, 창밖의 별을 하염없이 바라보았다. 선글라스를 착용하지 않고 보는 별은 푸른 물에 흰 물감 방울들이 퍼진 것처럼 보였다. 어쩌다 여기까지 오게 됐을까? 앞으로 어떤 삶을 살아야 할까? 슬옹이는 처음으로 미래를 고민했다. 이 낯선 섬에 와서 내가 뭘 하고 있는 걸까. 나는 앞으로 어떻게 될까? 더러운 이 성격대로 산다면 피아노를 치긴 글렀을지도 몰라. 평생 이 섬에서 고기를 잡거나 미역을 뜯어서 먹고살 게 되는 건 아닐까?

엄마가 보고 싶었다.

부르르릉-

진동 소리가 났다.

고모였다.

일부러 받지 않았다. 고모 목소리를 들으면 안 될 것 같았다. 서울에서도 딱히 정을 나누지 않았던 고모지만, 낯선 곳에 있으니 목소리만 들어도 울 것 같았다.

이 더러운 성격.

엄마의 마지막을 보지 못했다고 주변에 광기를 부렸던 그 성격.

귀한 피아노를 부숴버린 성격.

고모 전화는 곧 끊겼다.

징징.

또 울렸다.

이번엔 아빠였다.

인공지능인 아빠는 스마트폰이 켜져있으면 슬옹에게 신호를 보낼 수 있었다. 슬옹이가 자유대화 옵션을 켜놓았을 때는.

액정에 찍힌 '아빠'라는 글자를 보자 슬옹이는 그제야 자신이 앞으로 해야 할 일이 떠올랐다.

'그래, 내가 할 일이 있어. 바로 아빠 몸을 되찾는 것!'

아빠에게 '명예의 전당 냉동 협회'를 소개한 사람은 바로 루간스키 교수였다. 그 협회는 미국과 합작으로 인체를 냉동하고 의식을 분리하는 일을 했다. 즉, 사람의 신체에서 의식을 분리해서 따로 보관하는 기술을 갖고 있었다. 신체를 냉동하는 것은 러시아의 기술이, 의식을 인공지능으로 분리하는 것은 미국의 기술이 들어간다. 분리된 신체는 미국으로 보내 인류를 잠식하는 병을 연구하는 데 쓰인다.

현행 국제법은 인간의 몸을 이용하는 임상실험은 전면 금지하고 있었다. 불과 삼십 년 전까지만 해도 임상실험이 가능했지만, 이제는 엄연한 불법이다. 그러나 의식이 축출된 몸은 얼마든지 임상실험이 가능하다. 그래서 신체를 분리하는 기술이 필요했고 러시아와 미국이 그 기술을 보유하고 인류 의료에 이바지한다고 홍보하고 있었다.

이들은 신종 바이러스 백신을 개발하기 위해 인간의 신체가 필요하자, 국제 인류법에 따라 지원자에게 칠 년간 신체를 대여받았다. 그 대가로 많은 돈을 지급한다. 아빠의 신체는 칠 년 후 신체와 의식이 합쳐진 본래의 모습으로 안전하게 돌아온다.

아빠가 칠 년간 신체를 맡기는 동안 받는 돈은 삼억이 조금

안 된다. 그것으로는 슬옹이가 부순 피아노 값의 반도 갚을 수 없었다. 하지만 루간스키 교수가 공동 피의자 신분이 되어 백합예술원에 경위서를 제출하고 보험회사에 보상처리 과정을 전부 합의했다. 즉 피아노를 부순 사람은 루간스키와 아빠가 된 것이다. 미성년자인 슬옹이 대신 짐을 진 것이다.

'차이코프스키 콩쿠르에 우승하는 거야.'

슬옹이는 겨울에 있을 콩쿠르가 떠올랐다. 우승 상금이 오억이라고 들었다. 아빠 몸을 되찾고도 남을 돈이다.

차이코프스키 콩쿠르는 쇼팽 콩쿠르와 달리 바른 형식과 조형감을 최우선으로 한다. 거기에서 우승하려면 슬옹이는 자신이 가졌던 자유로운 연주법이 아닌 형식과 악보에 맞는, 작곡가가 처음 생각한 느낌을 그대로 구현해야만 했다.

'그래, 제주도에 있는 동안 차이코프스키를 연습하자. 반드시 콩쿠르에 우승해야 해! 아빠 몸을 찾기 위해서.'

징징.

슬옹이는 스마트폰을 열었다. "왜요?"

-뭐 하냐?

"그냥 누워있어요."

─ 조용해서 지내기 좋지?

"난 고등학생이고, 한창 재미있는 걸 찾을 나이라구요. 그런데 이렇게 외진 곳에 들어와서 말할 사람도 없이 지내는데 뭐가 좋겠어요?"

 ─ 말할 사람이 없다니, 아빠랑 대화하고 있잖아.

"내가 앞으로 뭘 하면서 살아야 하는지 생각 중이었어요."

 ─ 피아노를 쳐야지.

"쳐야죠. 당연히."

 ─ 어라, 순순하게 말하는 게 좀 이상한데.

"콩쿠르에 우승해서 아빠 몸을 되찾을 거예요."

한동안 액정에는 아무런 시그널이 보이지 않았다.

한참 만에 아빠가 말했다.

 ─ 나는 이대로가 좋다.

"네?"

 ─ 몸을 찾을 생각이 없다고.

그 말에 슬옹이는 목구멍 안쪽이 뜨겁게 말라가는 것을 느꼈다. 침이 넘어가지 않았고 심장이 쿵쿵 뛰었다.

"계속 그래픽 안에 갇혀 계시겠다는 말이에요?"

-갇히다니. 자유롭다, 오히려. 나는 영원히 이렇게 살 작정이다.

"아니, 아빠, 무슨 말씀이에요? 길어야 칠 년이 지나면 아빠는 다시 몸을 찾아요. 그게 법이에요. 저는 그것보다 더 빨리 아빠 몸을 찾아 드릴 거예요."

-신체 포기 각서를 썼다. 내 신체는 냉동처리 되었고 곧 실험용으로 쓰인 후 태워질 거다.

"아, 아빠!"

-나는 신체를 갖기 싫었다. 몇 년 전부터 생각해온 바다.

엄마처럼 바이러스에 감염되지 않으려고 저러시는구나. 슬옹이는 느낄 수 있었다. 엄마가 떠난 것은 슬옹이에게도 큰 충격이지만 아빠에게도 큰 충격이었다는 것을.

-너한테 상처를 줄 수 있는 말이지만, 아빠는 말이야. 너와 더 오래, 슬픔 없이 함께하고 싶어서 결정한 일이다.

바이러스에 감염되지 않아야 아들을 더 온전히 보호할 수 있다고 판단했다는 소리다.

"돈은요? 저를 키우시려면 그래픽 안에 계시면 안 되는 거 아녜요? 열심히 일해서 돈을 벌어야 하잖아요."

-그건 따로 생각해둔 게 있다. 그 문제는 나중에 찬찬히 이야기하자. 오늘 피아노는 쳤니?

"아니요."

-아빠가 한 곡 들려주련?

"피아노 못 치시잖아요."

-인공지능 좋다는 게 뭐냐. 악보를 넣으면 바로 들려주지.

"인간이 치는 것과 컴퓨터가 치는 건 달라요. 컴퓨터가 치는 건 감성이 들어있지 않아요."

-맞아. 하지만 오늘은 아빠가 너를 위해 한 곡 들려주마. 정률의 감성 없는 플레이지만 그래도 아빠가 아들한테 들려주는 음악이라는 의미는 있잖냐.

인공지능은 잠시 조용했다.

곧 스마트폰과 연동된 스피커에서 〈월광〉의 1악장 아다지오 소스테누토의 선율이 퍼졌다. 인공지능 아빠가 치는 〈월광〉은 그 어떤 연주자들의 연주보다 맑고 깨끗했지만 그만큼 건조하고 딱딱했다.

액정에 조용히 글이 흘러갔다.

인공지능 아빠의 메시지였다.

-내가 연주하는 건 니가 연주하는 것과는 다르다. 예술은 그런 거야. 인공지능은 절대로 예술을 할 수 없어. 예술은 인간의 것이지. 인공지능은 정교하거나 정교한 척, 감정이 있는 것처럼 베낄 뿐이야. 그래도 편하게 들어주렴, 아들.

슬옹이도 메시지를 보냈다.

-아빠도 감정이 있잖아요. 아빠는 감정이 있는 인공지능이에요.

-나는 인간이었을 때의 감정과 지금의 감정이 다르다. 너를 사랑하는 것도 다를 거야. 아니 사랑하는 건 똑같겠지만 어딘가 다를 거야. 나는 작은 어떤 게 빠졌다고 생각해. 오늘따라 그게 좀 슬프네.

그 말에 눈물을 참을 수 없었다. 다 내 탓이야, 슬옹이는 눈이 아프도록 울면서 다짐했다. 서둘러 아빠 몸을 찾겠다고.


4

새벽에 눈을 떴다.

밤새 잠을 이루지 못했다. 그냥 눈을 감고 몇 시간을 누워있었을 뿐이다.

스마트폰을 열었다.

인터넷을 찾아보니 마린 포지 바이러스가 한창인 요즈음 아빠처럼 명예의 전당에 신체를 맡기는 사람들이 일 년에 백만 건이 넘는다고 나왔다. 가장 오래 맡긴 신체는 삼십오 년째 냉동된 할아버지였는데, 작년에 실험에 쓰인 뒤 화장되었다. 그 할아버지도 인공지능으로 여전히 존재한다.

슬옹이는 가파도에 있는 동안 피아노 연습에 매진해야만 했다. 인터넷에는 신체 포기 각서를 쓴 신체는 보통 냉동되어 몇 년간 보관한 후 실험체로 쓰인다고 했다. 아빠의 몸이 실험체로 쓰이기 전에 서둘러 찾아와야 했다.

아빠는 인공지능으로 존재하는 게 좋다고 했지만 슬옹이는 아니다.

아빠가 보고 싶었다. 아빠에게 안기고 싶었다. 그리고 아빠와 함께 라면도 끓여 먹고 싶었고, 함께 피아노도 치고 싶었다.

일어나 앉았다.

시계를 보니 새벽 네 시 삼십오 분을 지나고 있다.

바람막이 점퍼를 입고 밖으로 나갔다. 섬에는 벌레 우는 소리가 가득했다. 집들은 갈 곳을 잃은 밤의 요정들처럼 어둠에 웅크리고 있었다. 드넓게 펼쳐진 푸른 밤하늘에 별들은 자기들 세상인 듯 찬란한 빛을 뿌리고 있었다. 할머니의 가게에서 나와 소라 껍데기로 장식한 돌담을 이 분쯤 걷자 들판이 나왔다. 들판 아래로는 해변을 따라 작은 시멘트 길이 이어져 있었다.

여름이 다가오는 가파도의 밤바람은 솜털처럼 부드러웠다.

작은 섬 가파도는 둥근 운동장 같기도 하고, 바다에 떠있는 커다란 배 같기도 했다. 그 배 위로 낮게 깔리는 바람은 수면을 지날 때와는 사뭇 달랐다. 차갑고 맹렬하게 수면을 훑다가도 섬으로 들어오면 아이를 달래듯 부드러워지는 것 같았다.

길 너머로 가득 깔린 검은 바위들에는 파도가 철썩였다. 가로등이 없어도 푸른 밤하늘의 별빛 때문에 길은 그리 어둡지 않았다.

슬옹이는 바람을 맞으며 시멘트 길을 따라 걸었다.

얼마쯤 갔을까, 해안가에 커다랗고 둥그런 돌이 보였다.

헌데 그 돌 위에 누군가 서있었다. 슬옹이가 놀라 "으아압" 소리치며 몸을 움츠렸다. 헌데 서있는 형체는 움직이지 않았다.

'동상인가?'

제주공항에서 내려 섬까지 오면서 슬옹이는 여러 동상을 보았다. 돌하르방부터, 해녀 동상, 캐릭터 동상, 물고기 동상 등등. 제주도는 신화와 전설이 서린 곳에는 어김없이 동상들이 놓여있었다.

가파도에도 어떤 전설과 관련한 동상이 있는 모양이었다.

몇 걸음 다가가 유심히 보았다.

자연석에 조각된 동상은 키가 컸다. 모자가 달린 일체형 비옷같은 후드를 머리까지 쓰고 있었는데, 길쭉한 이마와 턱선이 유려했다. 매부리코는 길고 높았다.

동상은 먼바다를 바라보고 있었다.

그 앞에 안내판이 보였다.

녹이 슬고 글자가 삭았지만 읽을 수 있었다.


보름바위(큰 왕돌님)

가파도 북서쪽에 있는 큰 암석이 바람을 불러일으킨다고 하여 붙은 이름이다. 바위 크기는 상하가 4m, 좌우가 3m로 함부로 바위 위로 올라가거나 걸터앉으면 태풍이나 강풍이 불어 큰 재난이 생긴다고 하여 신성시한다.

"……가파도 주민은 태풍이나 강풍이 불어 닥칠 때면 누군가가 까마귀 돌이나 큰 왕돌에 올라간 것이 아닌가 의심하기도 하……"

간판을 읽던 슬옹이는 화들짝 놀라 입을 막았다.

'저 둥근 바위는 주민들이 신성시하는 바위인데!'

그 바위에 동상이 있을 리가 없다. 고개를 돌려 바위 쪽을 바라보았다.

없다.

방금까지도 서있던 키 큰 동상이 사라지고 없었다.

# 음악실의 귀신

1

아이들은 교장 선생님이자 국어 선생님인 동구 아저씨가 교실에서 나가자 교탁 앞에 서있는 슬옹을 못마땅한 듯 노려보았다.

앞으로 슬옹이는 이 아이들에게 피아노와 음악 기초를 가르쳐야 했다. 슬옹이는 앞에 일렬로 앉아있는 아이들을 한명 한명 찬찬히 뜯어보았다. 동구 아저씨가 알려준 아이들의 가정환경까지 새기면서.

열두 살 여자아이 홍동희, 열두 살 남자아이 차강웅, 열 살 여자아이 민지우, 열 살 남자아이 부상몽 그리고 여섯 살 여자아이 김꽃피어라.

얼굴을 아는 강웅이는 가게 할머니 손자이자, 동구 아저씨 동생 상구 아저씨 아들이다. 상구 아저씨는 중국에 돈 벌러 갔다고 한다. 홍동희는 가파도 보건소 선생님의 딸이다. 상몽이는 식당을 운영하는 선장님의 둘째아들이다. 상몽이의 형은 작년 뭍에 있는 중학교로 갔다. 지우는 치안센터 서장님 딸이다. 꽃피어라 엄마는 가파도 남쪽에 공방을 두고 천과 옷에 천연염색을 한다.

느낄 수 있었다. '우리랑 나이 차이도 얼마 나지 않는데 선생님이라니'라고 말하는 아이들의 시선.

슬옹이를 가장 못마땅하게 노려보는 아이는 강웅이었다. 슬옹이를 향하지 않고 창문 쪽을 향해 삐딱하게 앉은 강웅이 눈에는 냉소가 철철 넘치고 있었다.

가파도에 온 지 이틀째 되던 날 아침, 슬옹이는 마당 판상에서 동구 아저씨와 라면을 먹고 있던 녀석을 처음 보았다. 라면에는 붉은 소라게와 고동이 가득 들어있었다. 동구 아저씨는 슬옹이에게 함께 먹자며 손짓했고, 슬옹이가 다가가자 강웅이는 숟가락을 내려놓고 제 방으로 들어가버렸다.

강웅이 엄마는 강웅이를 낳고 서울로 가버렸다. 그래서 강웅이는 할머니와 동구 아저씨와 살면서 중국에 간 아버지가 돌아오기를 기다리고 있었다.

'이 자식, 한집에 사는 사람한테 못되게 꼬나보기는.'

흠, 흠.

슬옹이가 헛기침을 했다.

"이런 말을 왜 해야 하는지는 모르겠지만 그래도 설명하자면, 난 재작년에 국제 콩쿠르에서 입상했어. 예술 교육법에는 국제적으로 입상한 경력이 있는 학생은 지도 능력이 있다고 평가한대. 나도 너희를 일 년 동안 가르쳐야만 유학할 자격이 주어져."

강웅이는 관심없다는 듯 눈을 내리깔고 있었다.

"나도 사실은 이렇게 선생님 자리에 앉아서 말하기 어색해. 더 솔직하게 말하면 하기 싫어. 그런데 어떡하겠니. 이해해줘. 나도 최선을 다……."

"우리는 피아노를 못 치는데요……."

가장 나이 많은 동희가 끼어들었다

"그러면 뭐, 피아노를 치지 않으면 되지."

슬웅이가 너무 쉽게 수긍하자 여섯 살 꽃피어라를 제외한 아이들이 의아하다는 듯 서로를 힐긋 보았다.

"어? 나는 피아노 배우려고 왔는데."

꽃피어라가 울 것 같은 표정을 지었다.

슬웅이는 울먹이는 조그만 아이를 내려다보았다.

"그럼 너에겐 가르쳐줄게."

여섯 살짜리 아이의 얼굴이 다시 환하게 펴졌다.

꽃피어라는 옆에 있던 동희의 손을 잡았다. 늘 동희에게 의지하는 모양이다. 그러나 동희는 지금은 꽃피어라를 챙길 수 없다는 듯 꽃피어라 손을 놓고 슬옹이에게 말했다.

"그러면 몇 가지 조건이 있어. 그러면 선생님으로 인정하지."

"좋아, 말해봐."

슬옹이가 동희를 보며 고개를 끄덕였다.

"첫째, 숙제를 내지 말 것."

이번엔 지우가 말했다.

"둘째, 방과 후 학습은 없어야 해."

슬옹이가 고개를 갸웃했다. 방과 후 학습이 뭔지 알 수 없었다. 상몽이가 설명했다.

"우리는 수업이 한 시에 끝나. 학교에서 점심 먹고는 바로 집에 간다고. 그런데 니가 더 남아서 피아노를 치라는 둥, 음악 수업을 하자는 둥 그러면 그건 싫다고!"

"아, 그런 건 없어. 나도 집에 일찍 가고 싶으니까."

"좋아. 그리고 세 번째 조건은."

상몽이가 자신의 차례인 듯 입을 열었다.

"절대로 우리한테 음악실에 가자고 하지 말 것."

그 말과 동시에 다섯 아이가 전부 고개를 끄덕였다.

죽어도 음악실에는 가지 않겠다는 표정이다.

이번에는 슬옹이가 고개를 갸웃했다.

"그건 좀 받아들이기 힘든데. 피아노는 음악실에 있잖아. 그리고 음악을 공부하려면 음악실에서 해야지."

그 말에 강웅이를 제외한 네 아이가 화들짝 놀라며 절망하는 표정을 지었다.

"저, 저기." 갑자기 지우가 슬픈 얼굴로 말했다. "오 층 음악실에 안 가면 안 돼? 오빠? 아니 선생님?"

슬옹이는 눈썹을 삐딱하게 치올렸다

아이들의 눈동자를 보니 뭔가가 있는 듯했다.

강웅이는 여전히 꼿꼿하게 앉아 반바지 아래로 드러난 가는 다리를 까닥이며 기를 과시하고 있었지만 얼굴에는 어딘가 불안한 기색이다.

슬옹이는 가장 나이가 많은 동희에게 물었다.

"동희, 똑바로 말해. 왜 다들 음악실에 가지 않으려고 하는 거지?"

동희는 대답하지 않았다.

슬옹이는 이번에 상몽이를 바라보았다.

상몽이는 짧은 머리에 배가 불룩 튀어나온 뚱뚱한 아이였다. 두툼한 볼을 씰룩거릴 때마다 불안감이 뚝뚝 묻어났다.

"상몽이, 말해. 너희들 나한테 숨기는 게 있지?"

"그, 그게. 오 층 음악실에는……."

"야, 말하지 말라고!"

강웅이가 소리쳤다.

그 바람에 꽃피어라가 움츠리며 동희 뒤로 숨었다.

강웅이가 상몽이를 노려보자 상몽이는 순한 볼을 씰룩대며 움찔했다.

"으흠, 다들 음악실에 가기 싫은 모양이구나. 거기 귀신이라도 나오나 보지?"

"나오는 게 아니고 볼 수 있어. 서있는 귀신을."

불쑥 꽃피어라가 말했다.

놀란 아이들이 키 작은 꽃피어라를 둘러쌌다. 상몽이가 입을 막자 꽃피어라가 소리쳤다.

"앗, 퉤. 저리 치워. 짜다고!"

슬옹이는 꽃피어라에게 다가오라고 손짓했다.

꽃피어라가 가려고 하자 동희와 강웅이가 가지 못하게 꽃피어라 손을 잡았다. 슬옹이는 가방에서 무언가를 꺼냈다. 백합 예술원 친구들에게 선물로 받은, 반음계까지 연주할 수 있는 스페인제 칼림바였다.

슬옹이는 칼림바로 케텔비의 〈페르시아 시장에서〉를 연주했다.

꽃피어라의 눈이 동전만큼 커졌다.

"자, 선물로 줄게."

꽃피어라는 동희와 강웅이 손을 뿌리치고 다가와 손을 내밀었다. 슬옹이는 꽃피어라의 손 앞에서 칼림바를 쳐들고는 물었다.

"무슨 말이야? 귀신이 보인다는 게?"

"응. 거기서 보면, 귀신을 볼 수 있어."

꽃피어라 뒤에 서있는 네 아이의 얼굴빛이 바나나 우유같이 누랬다.

"거기서 보면 밖에 서있는 귀신이 보인다는 거야? 아니면 거기서 그 안에 사는 귀신이 보인다는 거야?"

"응. 거기서만 보여."

이 작은 아이와는 더는 대화가 통할 것 같지 않았다. 슬옹이는 꽃피어라의 손에 칼림바를 쥐어주었다. 꽃피어라는 띠롱띠롱, 칼림바를 건드리며 말했다.

"귀신이 돌아다니는 건, 어른들은 몰라."

슬옹이가 동희를 노려보았다.

"무슨 소리야? 저 말이."

동희는 강웅이를 힐끗 보았다. 강웅이 눈치에 차마 말을 못하는 것 같았다.

"말해. 어서."

"피어라가 한 말 그대로야."

아이들은 꽃피어라를 그냥 피어라라고 불렀다.

"귀신이 보인다는 게 무슨 말이냐고."

"음악실 창에서 밖을 보면 바닷가 모래사장에 키다리 귀신이 서있는 게 보인다고."

"사실이야?"

동희가 고개를 끄덕였다.

"봤어?"

역시 고개를 끄덕였다.

"너희들 전부 봤어?"

강웅이를 제외한 모두가 고개를 끄덕였다.

"나도 봤는데, 눈을 감고 있었어. 그래서 본 것 같기도 하고 안 본 것 같기도 하지만 봤어."

꽃피어라가 말했다.

"나도 그 귀신을 본 것 같아."

칼림바를 딩동거리는 꽃피어라를 제외한 아이들이 놀란 눈으로 슬옹이를 보았다. 강웅이는 이제 삐딱하게 서있지 않고 똑바로 서있었다.

"가자!"

"어딜?"

"따라와, 다들."

슬옹이는 아이들을 데리고 음악실로 올라갔다.

음악실은 전부 방음장치가 되어있었다. 한쪽에는 스피커들과 전파 수신 안테나가 먼지를 잔뜩 덮어쓴 채로 쌓여있었다. 전부 음향 기기들이었다. 교회에서나 볼 수 있음직한 긴 의자가 여섯 개씩 두 분단으로 나뉘어 있고, 피아노와 교탁이 있는 무대는 어른 무릎 높이만큼 되었다. 피아노는 무대의 왼쪽 끝, 교탁은 무대의 오른쪽 끝에 놓여있었다. 옆으로 난 통창으로 남쪽 바다가 펼쳐져 있었다.

고개를 숙여 창밖으로 머리를 내밀고 보니 남쪽 해안이 보였다.

"저기서 귀신이 나타난다고?"

슬옹이가 고개를 빼꼼히 내밀며 물었다.

"아니 저쪽."

상몽, 동희, 지우가 옆 창으로 나란히 머리를 내밀고 일제히 어느 지점을 가리켰다.

그쪽은, 모래사장이었다.

"그냥 모래사장인데?"

"저쪽 근방에서 막 나타나."

"언제? 매일 나타나?"

"아니."

"그럼?"

"노을이 사라질 때쯤."

"정확하게는 해가 지고 한 시간 뒤부터야!"

슬옹이가 창에서 머리를 빼서 돌아보았다.

강웅이였다.

"나만 자세히 봤다고! 그리고 밤에는 항상 저기 서있어."

강웅이가 좀더 왼쪽 방향을 가리켰다.

그곳에 큰 왕돌님이 보였다.

슬옹이가 새벽에 보았던, 키가 큰 동상이 있던 곳이다.

이번에는 슬옹이가 물었다.

"돌 위에 서있었지? 둥근 돌 위에?"

그 말에 강웅이가 눈을 크게 떴다. 그렇다는 뜻이다. 그렇다면 슬옹이가 새벽에 길을 걷다가 본 그 동상은 헛것이 아니었던 거다.

슬옹이가 본 것을 강웅이도 보았다.

'음, 내가 귀신을 본 건 아니네.'

슬옹이가 침을 꿀꺽 삼켰다.


2

수업은 일주일에 두 번이었다.

다섯 아이들은 음악실에 제멋대로 앉아있었다. 강웅이는 입구 쪽 맨 뒤에, 동희는 반대쪽 맨 앞, 민지우는 동희의 줄 맨 뒤에, 상몽이는 중간쯤에 고개를 삐쭉, 내밀고 있었다. 오직 꽃피어라만 가운데 맨 앞자리에 앉아 똘망똘망한 눈으로 바라보고 있다. 손에는 슬옹이가 준 칼림바를 쥐고선.

창가 쪽에는 여전히 스피커들과 우산 안테나가 가득 쌓여있었지만 슬옹이가 대충 치워 음악실은 한결 아늑해졌다.

"오늘, 첫 수업인데, 다들 집중해줬으면 좋겠어."

슬옹이는 그렇게 말하며 피아노 쪽으로 걸어갔다.

그리고 벽에 붙은 스위치를 내렸다.

음악실이 순간 깜깜해졌다. 슬옹이는 대신 다른 스위치를 올렸다. 천장에 부착된 빔 프로젝터가 윙윙 돌아가더니 중앙 벽을 향해 먼지 섞인 뽀얀 빛을 뿌렸다.

슬옹이는 빔 프로젝터로 세계적인 K-팝스타 '김동칠과 아이들'의 공연을 상영했다.

래퍼이자 스트릿 댄서인 김동칠은 다섯 멤버들과 함께 젊음의 거리인 구기동 구기터널 앞에서 스트릿 공연을 하다가 유튜브로 유명해졌다. 이후 김동칠과 아이들은 인터넷 공연만으로 빌보드 상위권에 늘 머물러 있었다. 김동칠은 별 모양의 화려하고 커다란 형광 선글라스를 착용했다. 유튜브나 인터넷 매체로 공연해도 선글라스를 착용해야 했다. 그것은 권장 사항이 아니라 법으로 정한 의무였다. 슬옹이가 튼 곡은 김동칠의 신곡 〈아프지 마, 내 운동화야〉였다.

매일 연습에 매진하고 자신의 길을 가는 주인공이 낡은 신발에게 위로하는 가사였다.


이렇게 바쁘게 움직이는 건 전부 나 때문이야.
그러니 내 운동화야, 아프지 마.
내가 정신없이 뛰어다녀도,
내가 정신없이 발을 굴려도.


내가 밥을 먹을 때도 나는 너를 신어.
내가 똥을 쌀 때도 나는 너를 신어.
왜냐고? 그것은 정신없이 뛸
준비가 되어있기 때문이지.
그러니 내 운동화야, 아프지 마.

슬옹이는 음악에 맞춰 어깨를 흔들며 춤을 추었다.

동희, 강웅, 지우, 상몽이가 입을 헤, 벌리고 넋 놓고 보고 있었다.

"같이 추자!"

슬옹이는 다가가 동희 손을 잡고 피아노가 있는 무대까지 이끌었다. 슬옹이는 곧 지우와 상몽이도 무대까지 이끌었다. 아이들은 처음에는 쑥스러워했지만, 곧 어깨를 흔들며 리듬을 탔다. 강웅이만 못마땅한 표정으로 앉아 입을 내밀고 있었다.

'저 녀석은 포기.'

춤을 추며 슬옹이는 생각했다.

못마땅한 아이는 하나 더 있었다.

맨 앞, 가운데 자리에 앉은 꽃피어라.

재미없다는 듯 고개를 숙인 꽃피어라는 무릎에 올려놓은 칼림바만 만지작거리며 바닥에 닿지 않은 두 다리를 흔들고 있었다.

꽃피어라는 삐친 거였다.

피아노 소리가 좋아서 음악 시간만 기다렸고, 피아노를 배우고 싶어서 누구보다 슬옹이를 반겼는데, 저런 시끄럽고 요란스러운 댄스곡이라니.

꽃피어라 이마는 적잖이 슬픈 듯 울긋불긋 주름을 피워댔다.

-두두, 두두쿵따. 두두두둥

영상 속에서 김동칠이 간주 댄스를 추기 시작했다. 화려한 비트 소리에 맞춰 백댄서들과 김동칠이 몸을 비틀었다. 그 춤은 슬옹이도, 다른 아이들도 함부로 따라할 수 없는 것이었다.

슬옹이가 춤추면서 피아노 쪽으로 걸어갔다. 피아노 뚜껑을 열고는 〈아프지 마, 내 운동화야〉를 연주했다. 기본 선율을 두고 왼손으로 빠르게 변주해서 완전히 새롭게 들렸다.

아이들은 깜짝 놀라 입을 다물지 못했다. 저런 비트음을 유려한 피아노 소리로 바꿀 수 있다는 게 놀라운 모양이었다.

슬옹이는 꽃피어라를 보며 '어때?'라는 표정을 지었다.

꽃피어라가 벌떡 일어나 쪼르르 달려왔다. 그리고 슬옹이 옆에 서서 신기한 듯 건반을 바라보았다.

슬옹이의 손이 빨라졌다.

엄청난 속주에 아이들 어깨가 요란하게 움직였다. 피아노 옆으로 온 꽃피어라도 속주에 맞춰 제자리를 동동 뛰었다. 스피커에서 나오는 음악과 슬옹이가 치는 피아노 건반음이 환상적으로 섞이며 휘돌았다.

꽃피어라가 까르르, 까르르 웃었다. 빔 프로젝터 속 김동칠
과 댄서들도 간주가 끝나고 노래를 불러댔다. 아이들은 거기
에 맞춰 춤을 췄다. 피아노를 치는 슬옹이와, 피아노 옆에서 동
동 신나서 뛰는 꽃피어라 그리고 김동칠의 음악에 어깨를 흔
들며 자리를 바꿔가며 춤을 추는 동희, 상몽, 지우가 음악실에
서 열기를 가득 뿌리며 활짝 웃고 있었다.

오직, 강웅이만 제자리에 앉아있었다.

그때 문이 벌컥 열렸다.

동구 아저씨, 아니 교장 선생님이었다.

"니들 뭐 하냐?"

전부 동작을 멈추었고, 슬옹이도 피아노를 멈췄다.

아이들이 쪼르르 자리에 가서 앉았다.

빔 프로젝터로 쏘는 뮤직비디오 안의 김동칠은 이제 바닥을
지네처럼 기고 있었다.

내가 똥을 쌀 때도 나는 너를 신어.

왜냐고? 그것은 정신없이 뛸

준비가 되어있기 때문이지.

그러니 내 운동화야, 아프지 마.

동구 아저씨가 들어와 무대 위에 쌓아둔 스피커 옆 앰프의 전원을 껐다.


······내가 똥을 쌀 때도


뚝, 음악 소리가 사라졌다.

"누가 음악실 스피커를 쓰라고 했어?"

교장 선생님이 눈을 동그랗게 뜨고 물었다. 화난 표정은 아니었지만, 적잖이 당황한 표정이었다.

"아뇨, 아이들에게 리듬은 좀 안겨 주려고요."

슬옹이가 주섬주섬 말했다.

"음악실 스피커는 쓰면 안 돼."

"왜요?"

"이 스피커는 마을 스피커에 연결되어 있거든. 지금까지 너희가 튼 음악이 마을 곳곳에 쩌렁쩌렁 울리고 있었어!"

마을 곳곳에 설치된 공지 안내 스피커는 바로 이 음악실과 연결된 것이었다. 창밖을 보니 학교 앞에 어른들 몇몇이 서성이며 이쪽을 올려다보고 있었다. 전부 난데없이 들리는 댄스 곡에 깜짝 놀란 표정이었다.

"죄송해요."

"아니다. 내 잘못이기도 하다. 피아노를 치고, 그저 노래만 부르는 줄 알았지. 이런 걸 틀며 가르치는 줄 몰랐지."

아이들은 고개를 푹 숙이고 있었다.

슬옹이가 머리를 긁적였다.

"괜찮다. 조만간 음악실 스피커를 마을 스피커와 분리해야 겠구나."

"아녜요. 이제 이걸 쓸 일은 없어요. 아저씨, 아니 교장 선생님."

오직 강옹이만 기분 좋은 미소를 짓고 있었다.


3

수업이 없는 날이었다.

슬옹이는 오전에 학교에 가서 음악실을 청소하고, 아이들에게 나눠줄 프린트물을 준비한 후 숙소로 돌아왔다. 낮잠을 한

숨 자고 나니 창밖에는 어느새 노을이 지고 있었다. 슬옹이는 준비해둔 배낭을 집어 들고 숙소를 나왔다.

걷기 편하게 만들어진 소로는 오렌지색으로 물들어 있었다. 바다는 노을빛에 물들어 실로 장관이었다.

슬옹이는 해안을 가로지르는 시멘트 도로를 걸었다.

─ 굳이 그것을 해석하겠다면 뇌의 구조적 문제를 들여다보는 게 이치에 맞지. 너는 새벽에 그 형체를 보았고, 그 아이는 해가 떨어지고 난 후 보았다고 했지. 둘 다 뇌가 급속도로 이완되는 시점이야. 인간은 해가 떨어지면 긴장이 풀리고 감정적이 되지. 뇌의 물리적 이완 작용으로 발생한 현상이야. 아마도 그때 그 아이의 뇌가 긴장이 풀리면서 망상작용을 일으켰을 거야. 너도 해가 뜨기 직전에 봤다고 했잖아. 사람들이 깊은 잠에 빠져들 때야. 하지만 너는 그날 유독 잠이 오지 않아 해변을 걸었지. 우리의 뇌는 해가 뜨기 전에 충분히 긴장을 풀고 이완을 해야 하는데, 해가 뜨면 긴장하며 하루를 살아야 하니까 말이야. 그런데 그날 너는 이완해야 할 시간에 걷고 있었지. 한마디로 뇌가 제 구실을 못한 거야.

아빠는 인공지능답게 촘촘하게 분석했다.

"그러면 제가 본 것과 그 아이가 본 형체가 비슷한 건 왜죠?"

아닌 게 아니라 비슷했다. 슬옹이는 음악실에서 강웅이에게 귀신이 어떻게 생겼는지를 물었다.

강웅이는 그 질문을 받고 옆에 선 지우와 동희와 상몽이를 흘깃 바라보았다.

"말해도 돼?"

지우와 동희는 대답하지 않았고 상몽이는 고개를 절레절레 흔들었다. 상몽이의 통통한 볼이 흔들거렸다.

"하지 마. 꿈에 나온단 말이야."

아이들은 겁이 나는 모양이었다.

슬옹이는 강웅이 손을 잡았다. "가자."

슬옹이는 강웅이를 데리고 음악실로 가려 했다. 아이들이 들을 수 없는 곳에서 그 형체에 대해 듣고 싶었다.

"그냥 여기서 말해."

동희가 말했다.

강웅이는 더듬거리며 그날 본 일을 말했다.

"그날은 큰아빠와 바다에 나갔다가 쓰레기를 잔뜩 주워 온 날이었어."

큰아빠는 교장 선생님 동구 아저씨다. 강웅이는 수업이 없는 날이면 동구 아저씨와 배를 타고 먼바다로 나가 통발을 걷어 온다고 했다.

동구 아저씨와 가게 할머니는 자주 배를 타고 바다로 나간다. 겨울이면 방어를 잡고 여름이면 자리돔을, 가을이면 고등어를 잡는다. 그래서 제주 본토 서귀포의 횟집들과 식당에 잡은 생선을 판다. 마린 포지 바이러스가 만연하기 전에는 마라도 등의 낚시 포인트로 관광객들을 데려다주는 일도 했다. 종종 강웅이도 배를 타고 두 사람을 돕는다.

"그러나 요즘은 고기보다 쓰레기가 더 많아."

요즘 배에는 고기 대신 쓰레기들만 가득했다. 한머니 통발도 마찬가지였다. 또 일주일에 한두 번은 돌고래도 걸려있었다. 그물에 걸렸거나 바다가 오염되어 죽은 것들이었다. 바다에 뭉쳐진 쓰레기들을 본 동구 아저씨는 이제 오후면 한두 시간 배를 타고 나가 쓰레기를 걷어오는 일이 일상이 되었다.

그날 쓰레기를 가득 실은 배가 선착장으로 가기 위해 큰 왕돌님이 있는 지점에서 방향을 꺾을 때 강웅이는 큰 왕돌님 위에 길쭉한 게 박혀있는 걸 봤다고 했다.

처음에는 쇠꼬챙이인 줄 알았는데 배가 천천히 돌아나가며 그 형체의 가슴이 보였다고 한다.

"키가 큰 귀신이었어. 차렷 자세로 바다를 바라보고 있었어."

"잘못 본 거 아냐?"

"아니야. 우리 할머니도 봤어. 어떤 놈인지 모르지만 저 돌 위에 서있으면 용왕님이 노하시는데, 괘씸한, 이라고 말했다고!"

가게 할머니는 가파도의 알아주는 해녀다. 일주일에 몇 번은 아들인 동구 아저씨와 1.8톤짜리 작은 어선을 타고 가까운 바다에 나가 전복, 성게, 해삼, 미역 등을 딴다. 운이 좋으면 커다란 돌문어도 잡는다. 그렇게 잡은 해산물을 본섬에 팔기도 하고 옆집인 상몽이네에게 팔기도 한다. 상몽이 부모는 가파도의 해물 짬뽕집을 운영하고 있다.

강웅이는 할머니도 귀신을 보았다고 증언했다.

강웅이가 말했다.

"그런데 있지, 그거 귀신 아니야. 왜냐면 라면을 먹고 있었거든."

"뭔 소리야? 귀신이 라면을 먹었다니?"

강웅이는 당시 상황을 이렇게 설명했다.

강웅이는 평소 신라면을 빠개서 수프를 술술 뿌려 먹는 걸 좋아한다. 집에 과자가 없는 건 아니었다. 친할머니 가게에도 과자는 많다. 하지만 강웅이는 큰아빠와 함께 배를 타고 나가면 끓여 먹으려고 사둔 라면을 생으로 먹는 걸 더 좋아했다.

그날 강웅이는 신라면 한 봉지를 들고 털레털레 걸어가 큰 왕돌 앞에 섰다. 수프를 꺼내 라면 위에 뿌리고 봉지를 흔든 다음 손을 쪽쪽 빨면서 큰아빠와 할머니가 탄 배가 돌아오기를 기다리고 있었다. 큰아빠가 죽은 돌고래를 육지로 끌어내는 일이 없기 바라면서.

큰 왕돌님 옆에서 라면 조각들을 우그적, 우그적 씹어 머으며 바다 쪽을 바라보고 있을 때, 이상한 느낌이 왔다.

"식초 냄새 같은 게 났어. 시큼한 냄새."

그래서 옆을 돌아보았는데 귀신이 서있었다.

"처음에는 귀신의 얼굴을 보지 못했어."

귀신의 키가 매우 컸기 때문이다.

초록색 나뭇가지처럼 긴 손이 강웅이가 들고 있던 라면 봉지로 들어왔다고 한다.

부시럭, 부시럭,

손은 라면 조각을 꺼내더니 위로 올라갔다.

강웅이는 용기 내어 시선을 올렸다.

우그적, 우그적.

머리 위에서 귀신은 라면을 씹어댔다.

"그래서? 얼굴을 본 거야?"

"그냥 달렸어."

"그게 끝이야?"

"수상하면 달아나야 해!"

"그래도 얼굴을 봤어야지."

"씨, 너도 귀신한테 라면을 빼앗겨봐. 그 자리에 서있을 수 있는지."

"아무튼 그때 빼앗긴 라면을, 네가 두 번째 보았을 때 귀신이 먹고 있더라?"

"응. 왕돌님 위에 서서."

"어른들은 못 봤고?"

"응. 못 본 것 같아. 나만 봤어."

슬웅이는 강웅이가 했던 말을 떠올리며 해안 도로를 걸어갔다.

오늘, 그 귀신을 만나볼 작정이었다.

멀리 큰 왕돌님이 보이기 시작했다. 큰 왕돌님은 마치 놀이 공원 조형물처럼 놓여있었다. 큰 왕돌님에게 다가간 슬옹이는 그 앞에 앉아 스마트폰의 애플뮤직을 실행시키고 베토벤 피아노 소나타 8번 C. 마이너를 실행했다. 이 피아노곡은 〈비창(Pathétique)〉이라고 불린다.

루간스키 교수는 언젠가 '비창'이라는 말의 뜻을 물었다. 주변에 있던 한 교수가 비창(悲愴)은 몹시 마음이 슬프다는 뜻이라고 말해주었다. 그 뜻을 전해들은 루간스키는 깜짝 놀랐다.

비창이라니.

한국인에게 베토벤 피아노 소나타 8번이 비창, 즉 몹시 슬프다는 내용으로 인식되는 게 루간스키 교수는 몹시 못마땅했다. 제목에는 전혀 그런 뜻이 없으며, 'Pathétique'라는 불어가 비창이 아닌 '비장(悲壯)'이라는 뜻임을 강조했다.

비장은 비창과 다르다. 비창은 슬픔을 일컫지만 비장은 비극적이고 장엄하다는 뜻이다. 비장이라는 말에는 매우 진중하고 특별히 집중하며 자신의 슬프고 처연한 처지를 인식하되, 감정을 억누르고 추스른다는 뜻이 녹아있다. 그러니까 더 성숙한 의미가 내포된 것이다.

루간스키 교수는 '자신의 심장을 꺼내려고 찾아온 원수에게 맞서기 위해 말없이 다가가는 농부의 눈'이라고 표현했다.

비창처럼 단순히 슬프고 울적하다는 뜻과는 질적으로 다르다는 것이다. 그러니까 이 곡은 '비창'이 아니라 '비장'이어야 했다. 하지만 사람들은 흔히 〈비창〉이라고 부른다.

슬옹이는 배낭에서 보온병과 새우탕 컵라면을 꺼냈다.

나무젓가락은 구하지 못해서 숙소에 있는 쇠젓가락을 행주에 싸 왔다. 보온병에 담아온 뜨거운 물을 새우탕에 부었다. 젓가락을 컵라면 뚜껑에 올려두고 바다를 바라보았다. 바다는 군대가 오듯 큰 소리로 밀려왔다가 철썩하며 바위들을 때리고 다시 물러나기를 반복하고 있었다.

'엄마도 아빠도 같이 있었으면 딱 좋겠다.'

엄마가 아프기 전, 셋이서 라면을 먹었던 일들이 떠올랐다. 아빠는 라면을 참 좋아했었다. 엄마는 아빠에게 라면은 건강에 좋지 않다고 핀잔을 주었지만, 아빠가 라면을 드시는 걸 말리지는 않았다. 슬옹이는 바다를 바라보며, 이 아름다운 세상에 왜 그런 몹쓸 병이 퍼졌는지를 생각했다.

젓가락을 휘휘 저어 집어 올리고 후후, 불며 라면을 한 입 넣었다.

후루룩.

후루룩 쓰루룹.

슬옹이 귀에 꽂은 하얀색 무선 이어폰에서 흘러나오는 베토벤 피아노 소나타 8번은 이제 2악장에 접어들고 있었다.

그때였다.

어디선가 식초 냄새가 났다.

슬옹이는 순간 왔구나, 싶었지만 젓가락질을 멈추지 않았다. 시큼하지만 그렇다고 코를 찌를 만큼 강하지는 않은 냄새가 바람을 타고 와 새우탕의 얼큰한 냄새를 가로막고 있었다.

슬옹이는 모른 척했다. 조금이라도 어깨를 움직이면 그것이 달아날 것 같았기 때문이다.

후루룩, 후루룩.

젓가락으로 들어 올린 면발을 천천히 입안에 빨아들이며, 얼굴은 고정한 채 시선만 슬그머니 왼쪽으로 옮겼다. 슬옹이는 찢어지듯 눈에 힘을 주고 눈동자를 최대한 왼쪽으로 옮겼다.

없었다.

'아!'

그것은 슬옹이 뒤에 있었다.

보슬무, 그리고
바라본다는 것

## 1

정확하게는 왼편 뒤쪽이었다.

강웅이가 귀신은 라면을 좋아하는 것 같다고 한 말이 틀린 말이 아니었다.

뒤에 있는 존재가 한 걸음 다가왔다.

후루룩.

후루룩 쩝쩝.

슬웅이는 짐짓 모르는 척 입에 문 면발을 마저 흡입했다.

'파도가 다섯 번 철썩이고 돌아갈 때, 획 고개를 돌리는 거야!'

그렇게 생각하며 수를 셌다.

하나, 둘.

철썩이며 밀려오는 저 먼 파도에 검은 바위들이 씻기며 주황 빛을 발했다. 해는 수평선에 걸리며 파도에 금빛 동전 수천억 개를 쏟아냈다. 이제 곧 수면 아래로 가라앉을 터였다.

셋, 넷.

마지막 철썩!

그것을 신호로! 에잇!

고개를 돌렸다.

"으아아아아."

슬옹이는 비명을 지르며 뒤로 물러났다. 그 존재는 어느새 슬옹이 옆에 와 쪼그리고 앉아있었다. 들고 있던 컵라면의 국물이 출렁이며 손등에 왈칵 쏟아졌지만 뜨겁다고 느끼지도 못했다. 슬옹이는 컵라면을 던지듯 내려놓고, 목에 걸고 있던 선글라스를 허겁지겁 코에 걸었다.

'씨, 잊어버리고 있었다. 가, 감염되면 어쩌지.'

사람이 드문 적막한 섬에 있다 보니 선글라스를 착용하는 것을 순간순간 잊는다. 슬옹이는 선글라스 너머로 상대를 노려보았다. 거대한 존재는 쪼그리고 앉은 채 슬옹이가 놓아둔 컵라면만 바라보고 있었다.

인간의 형상이지만 인간이 아니었다.

두 무릎을 붙인 채 쪼그리고 앉아있지만, 키가 장대처럼 엄청나게 큰 거인이었다.

강웅이가 본 것처럼 긴 후드가 연결된 검은색 옷을 둘렀는데, 마치 롱코트를 걸친 것 같았다. 옷에는 촘촘한 칩 같은 것들이 붙어있었고, 칩들은 전류가 흐르도록 가느다란 선들이 연결되어 있었다. 마치 회로가 가득한 전자기판 같았다.

얼굴은 마치 초록색 밀랍으로 발라놓은 것 같았다. 놀라운 것은 선글라스를 착용하지 않았다는 것.

눈.

눈은 인간의 것과 크게 달라 보이지 않았다. 눈동자는 남색이었다. 속눈썹이 아래위로 나있었고, 자주 깜빡였다. 눈썹은 없었다. 거대한 매부리코의 콧부리가 시작되는, 이마 한가운데 금빛 점이 박혀있었다.

"으아아아, 누구세요?"

분명 사람은 아니다.

그렇다고 귀신도 아니었다.

그 존재는 말없이 쪼그리고 앉아있었고, 슬옹이는 얼마쯤 떨어진 채 부들부들 떨고 서있었다. 그와 슬옹이 사이, 시멘트 도로에는 슬옹이가 둔 새우탕이 협상자처럼 놓여있었다.

그는 말없이 슬옹이가 놓아둔 새우탕만 빤히 쳐다보고 있었다.

그러고는 천천히 새우탕 쪽으로 손을 뻗었다.

새우탕을 집어 들고 늘어진 긴 매부리코로 냄새를 맡은 그는 황홀하다는 듯 눈을 감았다.

후루룩 꿀꺽.

컵라면의 면과 국물을 단숨에 마셨다.

그는 기우는 해가 떠있는 높이에 빈 라면 용기를 올려 떨어지는 국물을 혀로 받아먹었다. 혀는 놀랍게도 형광색이었다.

쩝.

아쉬운 듯 혀로 입술을 한번 핥았다.

"누, 누구세요."

용기 내어 묻자 그가 고개를 갸웃하며 슬옹이를 바라보았다.

"안녕." 그가 말했다.

"누구시냐고요!"

그는 슬옹이가 귀에 꽂고 있는 이어폰을 빤히 바라보고 있었다.

그는 두 팔을 고무처럼 늘리며 슬옹이 귀에서 이어폰을 뽑아냈다.

슬옹이는 꼼짝없이 서있었다.

이어폰 속에서는 베토벤 피아노 소나타 8번 4악장의 마지막 부분이 숨가쁘게 이어지고 있었다.

그는 초록색 손으로 슬옹이의 이어폰을 자신의 귀에 댔다.

그 순간!

"우어어어!"

그가 갑자기 괴성을 질렀다.

그 바람에 슬옹이도 놀라 엉덩방아를 찧었다.

선글라스가 또 삐딱하게 떨어졌다.

그는 감전된 것처럼 몸을 부르르 떨며 모로 쓰러지더니 입에 거품을 물었다. 이어폰 쥔 양손을 감전된 듯 하늘로 쳐들었다. 긴 허리와 다리도 바르르 떨고 있었다.

그가 비명을 지르며 다리를 허우적거렸다.

찢어진 눈 속 남색 눈동자는 이미 뒤로 넘어가고 흰자만 보였다.

입안에서 형광색 혀가 뱀처럼 튀어나와 안테나처럼 빙빙 돌았고 거품이 턱으로 줄줄 흘렀다.

슬옹이는 벌떡 일어나 선글라스를 다시 착용할 새도 없이 달렸다. 뒤돌아보지 않았다. 목걸이처럼 건 선글라스가 가슴에서 대롱거렸다.

강웅이 말이 맞았다.

수상하면 달아나야 한다.

저 폭주한 괴물이 곧 형체를 바꾸어 에이리언처럼 진득진득한 점액을 흘리며 덤벼들지도 몰랐다.


2

헉. 헉. 헉

슬옹이는 너른 마당이 있는 커다란 직사각형 펜션 앞에서 허리를 숙인 채 한참을 헐떡였다. 주변은 어둑해졌다. 서쪽 하늘에 푸르스름한 기운만 남아있었다. 뒤도 돌아보지 않고 정신없이 달렸기에 심장이 터질 것 같았다.

"밥은 먹었니?"

슬옹이가 놀라 벌떡 뒤돌았다.

가게 할머니가 뒷짐을 쥔 채 걸어오고 있었다.

선글라스 다리에는 작은 랜턴이 빛을 쏘고 있다. 사람들은 아이러니하게도 밤을 위해서 불빛을 내는 선글라스를 고안했다. 할머니는 화단에서 파 두 뿌리를 뽑아서 일어났다.

"아직 안 먹었으면 같이 먹자. 감자찌개 끓였으니까 여기 와서 앉으렴."

"저기요, 할머니."

할머니는 파 뿌리를 쥔 손을 허리 뒤로 두고 몸을 돌렸다.

"혹시 서쪽 해안가에 있는 큰 왕돌님 있잖아요."

할머니의 굽은 등이 놀랍게도 쓰윽, 펴졌다.

"그건 왜?"

"그곳에서 귀신 같은 게 나오곤 하나요?"

"뭐라고 말하는 거니?"

"귀신이나 아니며 두꺼비 뭐 그런 게 왕돌님 주변에 디디니느냐고요."

할머니의 낮은 코에 걸린 선글라스에서 뿌리는 빛이 슬옹이 얼굴로 강하게 뻗어왔다.

"아이고, 어떻게 알았어?"

맙소사.

그렇다면 그 초록색 인간은 지, 진짜 귀신인가.

"이렇게 바람이 많이 불 땐, 귀신이 나타나. 흰옷 입은 키가 큰 여자도 나오고, 까만 옷 입은 큰 남자도 왕돌님 위에 서있다고 들었어. 그건 사람 아니라. 귀신이야. 그래서 나도 어릴 때부터 그 돌 만지면 안 된다고 들었어. 부정 타니까. 부정 타면 바람이 더 강해져."

"오늘은 날씨가 좋았는데요. 바람이 안 불었어요. 노을도 좋았고."

"그러니까 그게 나타나면 오늘이 아니라 내일 바람이 부는 거지. 큰 왕돌님 노하면 바람 많이 불어." 그러다가 할머니가 숨을 덜컥 삼켰다. "근데 너"

"네?"

"큰 왕돌님신디 갔다 왔니?"

"아, 아니요."

"그런데 왜 귀신 얘기를 하지?"

"그냥 아이들이 하기에."

"너 혹시 만진 건 아니지?"

슬옹이가 침을 꿀꺽 삼키자 할머니가 소리쳤다.

"만졌니?"

"아, 아니오. 안 만졌어요!"

사실이다. 만지지는 않았으니 그것은 분명하게 말할 수 있었다. 그러자 할머니는 숨을 고르더니 되물었다.

"안 만진 거 맞지?"

"네."

"그러면 됐어."

할머니가 저만치 가다가 휙 돌았다.

"곁에 가지 말고, 만지지도 말아. 알았어?"

"네."

"그리고 밥은 네가 알아서 챙겨 먹어라. 밥도 없네. 냉장고엔 찬밥만 있는데 그건 못 주겠다."

할머니는 파를 흔들며 당신 집으로 들어가버렸다. 할머니네 집 창문에서 강웅이가 이쪽을 바라보고 있었다. 슬옹이와 눈이 마주친 강웅이는 탁, 창문을 닫았다.


3

다음 날, 슬옹이는 큰 왕돌님이 있는 해안으로 갔다.

조용했다. 자리를 잡고 앉았다. 큰 왕돌님은 바다를 등진 채 슬옹이를 바라보고 있다.

초록색 피부에 큰 키의 괴물을 보았다는 게 도무지 믿기지 않았다. 라면을 빼앗겼다는 것도.

바닥을 훑어보니 슬옹이의 이어폰이 떨어져 있었다. 그 괴물이 두고 간 게 분명했다. 그 괴물이 이어폰을 양손에 쥔 채 감전이 되듯 바르르 떨던 모습이 생생했다.

슬옹이는 무선 이어폰을 귀에 꽂고 부르크너의 교향곡 8번을 들었다.

베토벤 교향곡을 가장 좋아하지만 슬옹이는 부르크너도 좋아했다. 부르크너의 교향곡들은 장엄하고 깊다. 특히 첼리비다케가 지휘하는 뮌헨 필하모닉 오케스트라의 8번을 좋아한다.

독주 피아노만 듣다 보면, 합주의 흐름을 망각하게 된다. 슬옹이가 진짜 피아니스트가 되려면 독주뿐 아니라 협주곡도 능숙해야만 했다. 협주곡은 오케스트라와 피아노 독주자가 주고받은 마디마디를 연주한다. 협주곡은 콘체르토Concerto라고 하는데, 대립, 경쟁한다는 뜻이다. 즉, 오케스트라와 독주자가 서로 경쟁하듯 음악을 주고받는 형식이다. 피아노 협주곡이면 피아노 독주자와 오케스트라가, 바이올린 협주곡이면 바이올린 독주자와 오케스트라가 한 번씩 연주하면서 악장을 풀어낸다. 루간스키 교수는 협주곡의 묘미는 균형이라고 했다. 균형을 잘 잡아야만 피아노 독주가 더욱 돋보이는 법이라고 슬옹이에게 가르쳤다.

루간스키 교수는 튀거나 발칙한 생각도 좋지만, 예술가는 누구보다 대중을 의식하고 인식해야 한다고 말했다.

"예술뿐이 아니다. 사람과 사람 사이에는 균형이 필요하다. 나의 의견만 주장하는 것도, 타인의 의견만 맹목적으로 추종하는 것도 옳지 못하다. 외형에서는 나의 의견을 주장하고 또 타인의 의견을 깊이 듣는 것, 내면에서는 그 종합한 것들을 확장하고 다져서 나만의 것으로 만드는 것. 그것이 진정한 균형이다."

처음에는 잘 들리던 부르크너 음악이 지지직, 잡음이 나면서 뚝뚝 끊겼다.

슬옹이는 이어폰을 귀에서 빼내어 안을 살폈다. 스피커 부분에 칩이 검게 타있었다. 어제 그 괴물이 무언가에 감전되면서 이어폰도 망가진 것 같았다.

"씨, 새로 사야 하나? 고칠 수 있을까? 서귀포에 수리점이 있는지 찾아봐야겠네."

그때였다.

어디선가 흐느끼는 소리가 났다.

파도 소리 사이로 간간이 미세한 신음이 섞여있었다.

벌떡 일어나 도로 아래를 살폈다. 큰 왕돌님 아래로는 자연
석들과 바위들이 산개해 있었다. 파도가 밀려와 검은 현무암
들을 덮고 피어오르다가 틈으로 빠져나갔다. 슬옹이는 소리의
진원지를 찾기 위해 바위들을 보았다.

으흐흐 으응

소리는 큰 왕돌님 아래, 슬옹이의 발 근처에서 났다.

슬옹이가 서있는 해변 도로는 자갈과 검은 바위들이 깔린 해
변에서 성인 키만큼의 단 차이가 있었다. 고개를 쭉 빼서 아래
를 보니 바위들 사이로 누군가가 웅크리고 있었다.

"으아악, 놀래라!"

어제 본 그 귀신, 아니 초록색 괴물, 아니 아무튼 이상한 존
재였다.

얼른 선글라스를 꼈다.

그는 슬픈 얼굴로 슬옹이를 올려다보고 있었다. 초록색 이마
는 난처한 듯 주름이 잡혀있었다. 기다란 콧방울에서 물이 뚝

뚝 떨어졌다.

"살. 려. 줘."

한참을 고생했는지 기운 없는 소리였다.

자세히 보니 그의 왼쪽 발이 바위 사이에 감춰져 있었다. 초록색 발목부터 바위와 바위 사이의 어둠 속에 끼어있었다.

"맙소사."

아마도 아래로 떨어져 바위틈에 다리가 낀 모양이었다. 슬옹이는 겁이 났지만 고통스러워하는 그의 표정을 보고는 아래로 뛰어 내려갔다. 바위를 젖히고 그의 다리를 빼줘야 했다.

"내가 바위를 움직여볼게요."

"우어어어어."

슬옹이는 미끈거리는 바위들에 두 발을 지탱하고, 그의 다리가 낀 바위에 두 손을 짚었다. 몹시 큰 바위였지만 흔들어보니 조금씩 움직였다.

"천천히 흔들게요. 틈이 생기면 얼른 다리를 빼요."

끄응차.

그 초록색 존재는 그대로 웅크린 채 두려운 표정만 짓고 있었다.

바위를 젖히려다 보니 맙소사.

왼쪽 발이 바위에 낀 게 아니었다.

'뭐야. 다리가 낀 게 아니었잖아!'

그랬다.

왼쪽 다리를 바위 사이 넓은 공간에 그냥 밀어 넣고 있었을 뿐이고, 지금은 그 다리를 빼내어 오므리고 있었다.

"우어어어어."

그 존재는 계속 두려운 표정을 짓고 있었다.

"뭐야? 다리가 아니면 왜 그러는 거야? 이봐요!"

그 존재는 긴 손가락으로 어딘가를 가리켰다.

검은 바위 위에 소라게 한 마리가 보였다.

빨간 다리들 사이로 집게발을 세우고 제자리를 맴돌았다. 소라게는 손 안에 들어올 만한 크기였다.

그런데 그 존재는 소라게를 보며 벌벌 떨고 있었다.

"치워줘. 치워줘. 무서워."

슬옹이는 소라게가 껍데기 속으로 들어가자 조심스레 잡아서 다른 바위에 올려놓았다. 곧 바위틈 사이로 파도가 밀려와 소라게를 휩쓸고 갔다.

"휴."

그제야 그 존재가 한숨을 내쉬었다.

둘은 성큼 해안도로 위로 올라왔다.

"뭐야. 기껏 소라게 때문에 웅크리고 있었던 거야?"

슬옹이는 저도 모르게 이렇게 내뱉었다.

그는 멍하니 슬옹이를 바라보았다.

으악!

그러다가 이번에는 슬옹이가 괴성을 질렀다. 자신의 선글라스가 목에 걸린 채 가슴에 대롱거리고 있었다. 슬옹이는 얼른 선글라스를 꼈다. 사람인지 괴물인지 알 수 없는 존재와 이렇게 가까이 있었는데 여태 선글라스를 안 쓰고 있었다니! 바위를 젖힌다고 선글라스가 벗겨진 것도 몰랐던 것이다.

'씨, 감염되면 안 될 텐데.'

그러자 그가 고개를 갸웃하며 물었다.

"왜 눈을 가리는 거야?"

"몰라? 이걸 안 쓰면 감염된다고. 마린 포지에!"

"마린 포지?"

이 존재는 마린 포지 바이러스를 잘 모르는 것 같았다.

"마린 포지? 마린 포지? 마아린~"

마치 말을 따라 배우는 아이처럼 같은 말을 반복해서 중얼거렸다.

"너 정체가 뭐야? 사람이야? 괴물이야?"

그가 손으로 자기 가슴을 가리키며 말했다.

"나는 판달마루."

"판달마루?"

이름인가?

"내 이름은 판달마루, 판달마루."

으흠, 이름이구나.

초록색 피부에 키가 큰 인간처럼 생겼지만 인간이 아닌 그것은 자신의 이름을 반복해서 알렸다.

"그렇게 불러줘. 판달마루."

그가 물었다.

"이름이 뭐지?"

알려줄까? 위험하지 않을까? 고민했다.

'뭐, 내 이름을 안다고 해서 내가 위험할 것까지는 없겠지. 보이스 피싱 같은 걸 할 능력도 없어 보이는데.'

“임슬옹.”

“뤼임임스롱?”

그는 긴 턱 위에 붙은 입을 오물거렸다.

“아니, 아니. 임슬옹.”

“힘스로옹?”

“임! 슬! 옹!”

“그래. 임! 슬! 옹!”

“맞아. 그렇게 부르면 돼.”

그가 고개를 끄덕였다.

“나는 판달마루. 너는 임슬옹.”

그는 슬옹이의 이름을 머릿속에 넣으려는 듯 입술을 몇 번
오물거렸다.

“아무튼 구해줘서 고맙다, 슬옹.”

“구해줬다고? 소라게를 치웠을 뿐인데?”

“나는 사망하기 직전의 상황이었다.”

“사망 직전? 대체 소라게가 뭐가 무서워서 그렇게 발발 떨면
서 웅크리고 있었던 거야? 그러고 있다가 바닷물이 들이차면
어쩌려고 그랬어? 그게 더 무서울 수 있어. 여긴 금방 물이 차

오른다고."

"소라게? 저 악랄한 베타크로……가 소라게? 너희는 그렇게 부르나?"

베타크로 뭐?

베타크로까지는 알아들었지만, 그 뒤 발음은 웅얼거리는 소리로 들려서 알아듣지 못했다.

그가 말했다.

"저건 베타크로-쏘퓨르발라흐도야!"

몹시도 따라하기 힘든 발음이었다.

"으흠, 이 행성의 고등생명체들은 저 베타크로-쏘퓨르발라흐도를 소라게라고 부르는 모양이군. 저건 분명히 베타크로-쏘퓨르발라흐도야. 매우 사납고 무서운 놈이지. 저 집게 공격을 당해서 우리 피부를 뚫는 순간 우리는 산화하듯 녹고 말아. 베타크로-쏘퓨르발라흐도는 우주에서 가장 강력한 생명체야. 이 지구의 바다에는 저 녀석들이 사방에 널려있더군. 믿을 수 없어. 지구 생명체가 열등한 건 분명한데, 어찌 저 메타크로-쏘퓨르발라흐도가 지구를 점령하지 못하는지. 정말 이상할 지경이야. 너희 지구의 고등생명체들은 저걸 두려워하지도 않더군."

그는 공포에 가득 찬 눈으로 긴 턱을 도리도리 저었다.

"나를 말하는 거야? 내가 고등생명체?"

"그래, 지구인. 너희, 너."

"소라게는 우리를 해치지 않아. 아니, 이 섬의 아저씨들은 저 걸 라면에 넣어 먹기도 하던데."

"으아악. 머, 먹는다고?"

그 존재가 기겁했다.

"응."

그는 소라게 생각을 더는 하고 싶지 않다는 듯 바다 쪽에서 등을 돌리고 섰다. 그리고 잠시 누렇게 물들어가는 서쪽 하늘을 보았다.

"나를 도와주었으니 나도 보상을 하고 싶은데 뭐가 좋을까. 음, 공중부양을 시켜줄까? 아니면 바다에 열 시간 이상 잠수할 수 있는 능력이 필요해?"

뭔 소리래?

"너희 같은 이 지구의 고등생명체는 그런 건 별로 중요하게 생각지 않는 것 같군. 그러면 어떤 선물을 줘야 하지. 음."

초록색 거인 같기도 하고 괴물 같기도 한 그는 길쭉한 양손을 기도하듯 턱 아래에 두고, 곰곰이 생각하기 시작했다. 마치 독특한 분장을 한 연극배우 같기도 했다.

그 모습을 보자 슬옹이는 결론을 지었다.

'미친 사람이야.'

슬옹이는 가방을 어깨에 멨다.

그의 정체를 알기 위해 챙겨온, 이제는 소용없어 보이는 뿌싸먹라면과 새우탕 컵라면, 뜨거운 물 담은 보온병 그리고 콜라가 가방 안에서 흔들거렸다.

"보상은 무슨. 됐어요. 아저씨 상태가 메롱이네요."

"메롱?"

슬옹이가 몸을 돌렸다.

'괜히 찾았다. 정신이 아픈 아저씨인 듯.'

섬에 정신이 온전치 못한 사람이 살고 있다고 해서 이상할 건 없었다. 왜 이제야 그런 생각이 들었을까. 슬옹이는 며칠간 이 존재를 추적하기 위해 애쓴 일이 시시해졌다.

"아저씨, 그런 복장으로 계시면 여기 주민들이 이상하게 생각할지도 몰라요. 참, 그리고 저 큰 왕돌님 위에는 올라가지 마요. 섬사람들이 싫어하니까요."

슬옹이는 그렇게 말하고 몸을 돌렸다.

돌아가서 수업 준비를 해야겠다고 생각했다.

뒤가 조용하기에 슬그머니 고개를 돌렸다. 그는 슬옹이가 귀에 꽂고 있는 고장난 이어폰을 노려보고 있었다. 그는 조심스레 손을 뻗어 이어폰을 잡았다. 그리고 이어폰을 바다로 내던졌다.

"앗, 그걸 왜 던져요?"

"거기서 몹쓸 것이 나온다."

무슨 소리야, 씨.

슬옹이는 무선 이어폰을 새로 사야겠다고 생각했다.

저쪽에서 그가 말했다.

"어라? 너, 곧 죽겠는데?"


4

그는 슬옹이의 가슴을 유심히 노려보았다. 그리고 나뭇가지처럼 길고 앙상한 초록색 손을 내밀어 손바닥을 가슴 가까이에 가져가며 눈을 감았다.

그는 음미하듯 중얼거렸다.

"코팍이야. 막 지구에 안착했군. 굉장히 열등한 RNA 바이러스이지만 지구인들에게는 치명적이지. 눈을 멀게 하고 곧 열을 발생시킨 후 몇 개월 안에 심장을 멎게 해. 지구 생명체 몸속 단백질 껍질을 영양소로 하는군. 으흠, 증식은 세포에서 하고."

코팍? 바이러스?

마린 포지 바이러스를 말하는 건가?

그는 팔을 내리고 슬옹이 몸을 뚫어지게 노려보았다. 슬옹이 가슴 언저리를 보던 그는 고개를 쭉 내밀고 둥글고 깊은 남색의 눈동자를 조였다.

"음, 림프구 안에서 대량으로 자가 복제하면서 폭발적으로 증식하고 있군. 이대로라면 생각보다 빨라지겠는데. 다음 달이면 장기 대부분에 염증이 생기겠어."

뭐야, 씨.

"보통은 지구의 두 발 생명체가 바이러스에 감염되면 침투한 바이러스를 내부에서 2단계로 반격하지. 1단계는 지구 두 발 생명체들이 NK세포라고 부르는 천연 킬러 세포인 림프구가 바이러스에 감염된 세포를 찾아내 죽이는 거야. 또는 지구의 두 발 생명체가 인터페론이라고 명명한 특수 단백질이 건강한 세포에서 얼른 RNA 분해 요소를 활성화해서 바이러스에 감염된 세포가 RNA를 방출할 때 그것을 재빨리 분해하지. 그게 첫 번째고."

"무슨 소리예요? 내 몸이 어떻다고?"

"그 1단계가 끝나면 지구 생명체의 생체는 침투한 바이러스에 2단계 공격을 돌입해. B세포라고 부르는 림프구가 항체를 만들어내는 거야. 그러면 바이러스는 수용체와 결합할 수 없기에 세포막까지 침투하지 못하고 고사하지. 보통은 그 두 가지 방식인데……. 으흠, 이번에 지구에 퍼진 신종 바이러스는 안막 세포에 정착해서 곧장 온몸에 퍼져 증식하는 놈이야. 지구 생명체들에게는 무척 고약하지."

그의 말을 듣던 슬옹이 얼굴이 점점 굳어졌다.

"아직 지구 두 발 생명체들의 인터페론은 그 바이러스를 막아낼 도리가 없어. 항체를 만들지 못하니까. 물론 우리한테는 매우 열등한 바이러스이지만 미개한 이들에게는……. 음, 이런 이런, 다시 보니 네 몸의 반 이상에 지금 그 코팍 바이러스가 퍼져있어. 두 달은커녕 이달 말이면 숙주가 죽겠는걸."

"바이러스가 내 몸에 있다고?"

그제야 그는 남색 눈동자를 고정하며 슬옹이의 얼굴을 보았다.

"지구인들이 마린 포지라고 부르더군. 우리 행성에서는 코팍이라고 불러. 이전 지도자 이름이었지. 코팍은 워낙 형편없는 행동들을 해서 축출되었는데, 주민들은 하찮은 벌레 정도가 감염되는 그 바이러스 이름을 코팍이라고 붙였어. 매우 하찮다는 의미야."

슬옹이는 저도 모르게 벌벌 떨렸다.

"그, 그러니까 내, 내가 마린 포지 바이러스에 걸렸단 말이야?"

"잠시만."

그는 길고 큰 자신의 코에 손바닥을 댔다. 그리고 토하듯 몸을 몇 번 움찔거렸는데, 그러자 놀랍게도 그의 손바닥에는 노란빛이 나는 작은 지네 두 마리가 놓여있었다.

코에서 꺼낸 모양이었다.

지네는 끼르륵, 끼르륵, 소리를 내며 그의 손바닥 위에서 이리저리 돌아다녔다. 그가 다른 손을 까딱거리며 슬옹이에게 가까이 오라는 시늉을 했다. 몇 걸음 다가갔다.

"자."

그가 지네가 기어 다니는 손바닥을 내밀었다.

"뭐? 왜? 그걸로 뭘 하라고?"

슬옹이가 경계하며 한발 물러났다.

그는 긴 팔을 뻗어 다짜고짜 슬옹이 머리카락을 잡고 슬옹이 얼굴을 끌어당기더니 슬옹이 코에 그 지네들을 냅다 쑤셔 넣었다.

"으아아아!"

슬옹이가 그의 손을 피해 고개를 돌리려 했지만 소용없었다. 지네들은 스르륵 빨려가듯 코 안으로 사라졌다.

"으아아아!"

콧구멍으로 들어간 지네들이 목을 타고 기관지로 내려가는 것이 느껴졌다.

슬옹이가 쿨럭거렸다.

"켁, 켁. 으아아, 뭐야 씨. 무슨 짓을 한 거야! 지네가 내 몸에 들어가버렸잖아. 으아아아!"

그는 기겁하는 슬옹이를 그저 물끄러미 바라볼 뿐이었다.

갑자기 슬옹이의 몸이 부르르 떨렸다.

"어어어? 몸이 왜 이러지?"

온몸이 파스를 바른 것처럼 시원해졌다. 아니 시원하다 못해 차가워지고 있었다. 그러면서도 떨리는 것을 멈출 수가 없었다.

"내 몸에 뭘 넣은 거냐고. 몸이 이상하다고!"

슬옹이의 무릎과 허리와 어깨가 주체하지 못할 만큼 흔들렸다.

슬옹이는 가방을 뚝 떨어뜨렸다. 등에서 땀이 줄줄 흘렀다. 곧 가슴에서 묵직한 통증이 밀려왔다. 통증은 세분화되듯 여러 개로 나뉘었다.

"학! 학."

수백 개의 바늘이 몸속 혈관을 찌르는 느낌이었다.

뒤이어 묵직한 압박감이 느껴졌다. 슬옹이는 가슴을 쥐어뜯으며 허리를 숙였다. 오한과 반동이 슬옹이의 몸을 휘감자, 방금까지만 해도 주황색 물감을 들인 듯한 하늘이 우유를 뒤덮은 듯 새하얗게 보였다.

"아, 아. 내 몸이 왜 이러지. 나한테 무슨 짓을 한 거야?"

그는 빙긋이 웃고 있었다.

더는 서있기 힘들고 정신이 가물가물해지려 할 때, 그가 빙긋이 웃는 모습이 보였다. 동시에 오한과 반동이 거짓말처럼 사라졌다.

어라?

순식간에 아무렇지도 않았다.

쓰러지려던 슬옹이는 바로 섰다. 입술을 한번 핥으며 오른손으로 땀에 젖은 이마를 짚었다. 얼굴에서 피어오르던 열이 서서히 가라앉고 있었다.

"이제 된 모양이군."

그가 말했다.

"내 몸에 무슨 짓을 했냐고!"

"쿠론들이 네 몸에 퍼진 바이러스에 전부 대응했다. 네 몸은 이제 코꽉 바이러스, 아니 너희들이 부르는 마린 포지 바이러스에 면역을 갖추게 되었다."

슬옹이는 두 눈을 껌뻑였다.

내가 바이러스에 면역을 갖추었다고?

마린 포지는 한번 걸리면 죽는 치사량 백 퍼센트인 바이러스
인데?

"그 지네들, 빼줘!"

슬옹이의 말에도 그는 길쭉한 턱을 올리며 그저 빙긋이 웃기
만 했다.

"빼달라고. 언제 나오냐고!"

"걱정하지 마라. 한번 들어가면 새 숙주에 열흘 이상은 머물
러야 한다. 지금 나오면 쿠론들은 죽어."

"뭔 소리야! 빼내달라고!"

"나온다. 당분간 네 몸에 있을 뿐이다."

그는 슬옹이를 가만히 바라보더니 이렇게 말했다.

"걱정하지 마라. 그것이 네 몸을 상하게 하지 않는다. 그리고
네 머리에 가득 든 생각은 온통 아빠구나. 음, 흥미로운데."

슬옹이가 놀라서 물었다.

"너, 정체가 뭐야?"

"……나는."

"무슨 외계인이라도 되냐?"

"나는 외계인이다. 앗!"

슬옹이와 판달마루가 동시에 외계인이라고 말했다.

판달마루는 자신이 외계인이라고 말하는 것과 슬옹이가 외계인이냐고 묻는 말이 겹치자 몹시 놀라워했다. 판달마루는 쑥스럽다는 표정을 짓더니 갑자기 골반을 흔들기 시작했다.

"이거, 이거, 참 내. 이렇게 되면 그걸 해야만 하는데."

그의 몸동작은 마치 훌라후프를 돌리는 것과 비슷했다.

판달마루가 요란하게 골반을 흔들며 말했다.

"뭐해! 너도 해. 보슬무를!"

"보, 보슬무?"

"함께 같은 단어를 말하면 반드시 보슬무를 해야만 해. 그래야 만리비틀어지지 않는다고."

또 뭐냐, 저 소린. 씨.

판달마루라고 자신을 소개한, 그리고 슬옹이가 유추한 대로 자신을 외계인이라고 소개한, 초록색 얼굴에 거인 같은 존재는 슬옹이에게 어서 자신처럼 허리를 돌리라고 재촉했다.

"어서! 동시에 같은 말을 내뱉으면! 보슬무를 해야 한다고! 보슬무!"

"찌찌뽕 같은 거야?"

"찌찌뿅?"

판달마루는 훌라후프를 돌리면서 슬옹이가 말한 '찌찌뿅'이
라는 단어를 머릿속에 넣는 듯했다. 곧 이해한 듯 고개를 끄덕
였다.

"그래, 그래. 너희 지구인이 사용하는 단어 찌찌뿅과 비슷한
거야. 아무튼 보슬무를 하자! 어서!"

슬옹이는 어느새 골반을 돌리고 있었다.

사람들이 없는 적막한 해변에서, 노을이 아름답게 지는 하
늘 아래에서 키가 큰 초록색 외계인과 학교에서 쫓겨난 외로
운 고등학생 지구인이 마주 보며 투명 훌라후프를 돌리고 있
었다.

아빠의 비밀

1

- 그러니까 진짜 외계인이었다?

"네."

-그냥 사람 아냐? 사람이 분장해서 돌아다니는 거? 섬에 무슨 행사가 있었던 모양이지.

"아니라니까요. 제가 몇 번이나 고심해서 추적한 거라니까요."

-으흠, 외계인이라. 그저 영화나 SF 소설에서나 나오는 건 줄 알았는데. 정말 존재한다니.

"서노요. 신기하죠."

-흥. 신기할 것까진 없고.

인공지능이 된 아빠는 냉혹하고 이성적으로 말투가 달라지고 있었다. 예전엔 그러니까 몸을 가졌을 땐 슬옹이가 아무리 사소한 걸 말해도 눈을 동그랗게 뜨고 집중해서 듣고 크게 반응했었다.

-우리말을 능숙하게 하더라고?

"즉시즉시 배운다고 했어요. 판달마루는 어떤 단어를 듣는 순간, 그 단어의 뜻은 물론이고 그 단어에서 확장된 지구인의 생활과 과학과 문화까지 일정 부분 싹 파악한다고 했어요. 말에는 파장이 있어서 가능하다나요."

–음. 단어에서 확장한다고?

"네. 제가 '메롱'이라고 말하니까 '메롱'의 뜻을 바로 알아들었어요. 그리고는 메롱과 전혀 관계없는 무슨 RNA라든가 NK 세포라든가 하는, 과학자들이 쓰는 세포 이름까지도 전부 연상했다고 했어요."

–어떤 단어를 들으면 문물을 스캔한다는 뜻인가?

"판달마루에 따르면 자신의 행성에서 사용하는 세포 명과 다르지만 내가 알아듣기 쉽도록 지구인이 사용하는 세포 이름으로 바꾸어 말해준 거래요. 언어 속에는 단어가 가진 기운이 있고 그 기운과 연결된 무수한 물체의 의미와 내용이 포함되어 있다나요."

아빠는 한동안 말이 없었다.

그러다가 AI 특유의 학습 능력을 발휘했다.

–알겠다. 집단 무의식을 인지한 거군.

"집단 무의식?"

-이런 거야. 네가 그 외계인에게 '아빠'라고 한마디를 하면 그 외계인은 '아빠'라는 소리를 듣고 네 두뇌를 스캔한 거야. 네 머릿속 '아빠'라는 단어는 '엄마'라는 단어와도 연결되고, 또 네 머릿속에 간직하고 있던 '아빠는 크다' '아빠는 남자'라는 단어도 알아낸 거지. 그 외계인은 단어 하나만으로도 파생되는 연결단어를 전부 스캔하는가 보다. 그래서 몇 차례 연결점을 지나면 아빠와 전혀 상관없는 단어까지 이어지지.

그럴지도 모른다고 생각했다.

슬옹이는 아빠에게 말하지 않았지만 판달마루는 슬옹이 머릿속에 온통 아빠 생각뿐이라는 말을 했다. 다만 아빠가 예시로 말한 '아빠는 크다', '아빠는 남자'라는 것은 틀렸다.

그날 판달마루는 슬옹이에게 이렇게 물었다.

"지구인에게 아빠란 작고 불쌍한 존재인가?"

아무튼 판달마루는 슬옹이가 쓰는 한두 단어를 듣고, 슬옹이의 머리에 있는 단어들을 전부 스캔하고, 슬옹이라는 인간이 가진 의식에 든 지식들을 파악하고 있었다.

-외계인 이야긴 그만하자. 그런데 스트롱, 저기 구석에 쌓아둔 상자 두 개는 뭐냐?

"라면요."

슬옹이는 그렇게 말하며 스마트폰을 들고 한쪽 벽에 놓아둔 새우탕 컵라면 두 상자를 비췄다. 폰의 카메라로 그것을 본 아빠가 말했다.

－라면? 이렇게 많이?

"배달시켰어요. 한 박스는 미안해서 가게 할머니한테서 샀고요."

－너, 아빠 없다고 라면만 먹을 참이냐? 라면만 먹는 건 몸에 안 좋은데?

"뭐 아빠는 서울에 있을 때도 제 옆에 없었잖아요."

－으흠.

"알아요. 밥은 제가 직접 지어 먹어요. 반찬은 할머니가 주신다고 했어요. 대신 할머니 가게에서 생수를 사 먹는 조건으로."

－으흠. 그 할머니, 내 아들한테 반찬이랑 밥을 공짜로 해 먹이겠다고 약속했는데.

"천만에요. 절대로 공짜는 없어요, 그 할머니는."

그랬다.

가게 할머니는 반찬에는 무한정 인정을 베풀지만 물은 아니었다. 생수는 꼭 자기 가게에서 사 먹으라고 했다. 비용 청구는 고모에게 하겠다며.

"아빠가 사람이었다면 제가 라면을 맛있게 끓여 드릴 텐데. 달걀도 넣고, 요 앞마당에서 파도 뽑아서 송송 썰어 넣고요."

—아쉽긴 하다만, 라면은 별로 생각이 없구나.

"저와 라면 먹는 거 싫으세요? 예전에는 좋아하셨잖아요."

슬옹이는 틈만 나면 아빠를 회유하려고 했다. 아빠는 예전과 달리 몹시 객관적인 상태가 되었고 약간의 냉소를 보였으며, 완벽하게 유머를 잃은 상태였다.

—아프고 늙는 몸 따윈. 흥.

김새 깅깨이 흘렀다.

—그건 그렇고 라면을 왜 이렇게 많이 사둔 거야?

"그 외계인이 아주 좋아하거든요."

—그러니까 외계인을 먹이려고 라면을 샀다고?

"내일 만나기로 했어요."

—…….

"아빠? 들어가셨어요?"

몇 분간 말이 없던 스마트폰 속, 인공지능은 한참 만에 액정에서 그래프 곡선을 드러냈다.

　-신고해라.

　"네?"

　-외계인이 어떤 짓을 할지도 모르는데 친구가 된다는 건 위험한 생각이다. 신고하고 더는 만나지 마.

　"착해요. 지구인의 언어와 습관을 알고요. 예의도 알아요."

　-외계인에게 도덕을 적용하는 건 어불성설이다. 외계인이 지구 어린이들의 친구가 되는 건 동화책이나 애니메이션에서나 있는 일이다. 만약 신고하기 싫다면 마음대로 해. 대신 다시는 그곳에 가지 마라.

　슬옹이는 아직은 그것을 말할 때가 아니라고 생각했다.

　판달마루가 자기 병을 고쳐줬다는 이야기를.


　그로부터 한 달간 슬옹이는 매일 새벽, 큰 왕돌님 앞에서 판달마루를 만났다. 배낭에는 새우탕과 뜨거운 물을 넣은 보온병을 준비했다. 그가 새우탕을 먹는 동안 슬옹이는 그 옆에 앉아 이런저런 말을 했다. 엄마 이야기, 아빠 이야기, 백합원 이야기, 피아노 이야기. 판달마루는 새우탕을 먹으면서 슬옹이가 한 말들을 유심히 들었다. 슬옹이 입에서 나오는 단어들로 판달마루는 지구인의 문물을 익혀나갔다.

새우탕을 다 먹으면 둘은 한동안 바다를 물끄러미 바라보았다. 바다를 볼 때마다 판달마루는 이마를 구기고 심각한 표정을 지었는데, 슬옹이는 무엇 때문에 그러는지 묻지 못했다. 바다를 바라보는 것은 이 외계인의 주된 일인 것 같았다.

"아 참, 있잖아. 너도 이걸 한번 들어보면 어때?"

슬옹이는 새로 온 무선 이어폰 한쪽을 판달마루에게 내밀었다. 자신이 좋아하는 피아노곡을 판달마루에게 들려주고 싶었기 때문이다. 그러자 판달마루는 어깨를 움츠리며 바짝 긴장했다.

"내 귀에 뭘 집어넣는 거야? 저리 안 치워?"

그는 무선 이어폰을 귀에 착용하려 들지 않았다.

"야, 지구에서 가장 아름다운 건 음악이야."

"흥, 그렇게 생각하는 모양이군."

"음악만큼 아름다운 건 없어."

"음악 따윈 인간이 만든 소리의 특정 사고체계야. 형식과 규칙에 따라 내는 소리 모음일 뿐이지."

이 녀석, 말만 좀 이쁘게 하면 그리고 피아노 음악도 좀 좋아해준다면, 딱 좋은 친구가 될 텐데.

"그러면 너는 뭐가 아름다운데?"

"지구."

"지구?"

"너희는 몰라. 지구가 얼마나 가치 있는 행성인지. 너흰 저 아름다운 지구를 더럽히면서 정작 쓸데없는 사고체계만 아름답다고 말하는군."

판달마루는 아침 해가 막 떠오르려고 하는 주황빛 바다를 가리켰다.

"지구가 보유하는 저 물은 우주 어디에도 존재하지 않는 거야. 너희는 저 물의 가치를 몰라. 너희가 제멋대로 만든 물건들과 그 물건들이 썩은 것들을 저 물에 함부로 버리지. 우주에서 가장 아름다운 것에. 너희는 우주에서 가장 더러운 존재야. 우주에서 가장 아름다운 것을 더럽히고 있으니까."

"판달마루, 너 꼭 환경주의자 같네. 지구인 중에도 너처럼 생각하는 사람들이 있어."

"조금 있는 게 아니라 지구인 전부 그 생각을 해야 한다고."

"그냥 그런 이야기 말고 조용히 쇼팽만 들으면 안 될까?"

"다들 너처럼 생각하니 가장 소중한 게 망가지는 걸 느끼지 못하지. 흥, 쇼팽? 인간의 사고에서 나온 소리체계의 모음 따위 상어에게나 줘버려."

아빠 말이 옳았다.

판달마루는 애니메이션이나 동화에 나오는 마음씨 착한 지구인의 친구처럼 굴지 않았다. 그는 냉소적이었고 툴툴거렸고 차갑게 말했다. 하지만 그가 자신의 몸에서 쿠론인지 뭔지를 꺼내 생명을 구해준 것 하나만으로도 나쁜 존재가 아니라고 슬옹이는 생각했다.

"그러는 넌 여기서 뭐 하는데? 맨날 비디만 보는 거 같은데. 여기서 하는 일이 뭐야, 판달마루."

그는 대답하지 않고 먼바다만 바라보았다.

한참 만에 그가 대답했다.

"지구인이 더는 이 행성을 보호하고 가꾸려는 마음이 없다는 것을 확인하는 거."

무슨 뜻인지 알 수가 없었다.

"뭐냐, 그런 말은. 지구인이 지구를 가꾸는 마음이 없으면 외계인이 공격하러 오고 그러는 거야?"

애니메이션에서 흔히 보는, 우주 군단이 지구를 공격하러 온다는 뻔한 스토리가 떠올라 농담처럼 물었다. 그러자 판달마루가 눈을 동그랗게 뜨고 슬옹이를 바라보았다. 매우 놀라는 눈빛이었다. 신기해하는 듯한 기운도 스며있었다.

"왜 그렇게 봐? 농담을 또 진지하게 받네. 농담이야, 조크. 하하."

판달마루는 슬옹이가 귀에 걸고 있는 무선 이어폰을 뽑아내서 저쪽으로 던져버렸다.

"지구인들의 대화법에는 대화할 때 이런 거 끼고 하는 거 아니다."

"아, 진짜. 왜 자꾸 던져? 이거 비싼 거라고!"

"치워. 저런 건 다시는 가지고 오지 마."

"씨, 어제 택배로 받은 건데."

슬옹이가 엉덩이를 툴툴 털며 무선 이어폰을 줍기 위해 몸을 일으키려 할 때였다.

판달마루가 먼저 일어났다.

그의 시선이 바다를 향해 꽂혀있었다.

그는 무언가를 본 듯 심각한 표정을 지었다.

그의 이마에 박힌 점이 푸른빛으로 울렁거렸다. 슬옹이는 판달마루가 보는 곳을 바라보았다. 길게 순서대로 밀려오는 흰 파도 사이로 흰 풍선 같은 것이 보였다. 판달마루는 그것을 보고 있었다. 아직 동이 트기 전의 새벽이어서 사위는 어두웠다. 달빛이 바다를 온통 환하게 비추고 있었지만, 그것이 오히려 언뜻언뜻 보이는 흰 풍선 같은 물체가 무엇인지 알아보기 어렵게 했다.

"저게 뭐지?"

판달마루는 현무암들이 있는 아래로 뛰어내렸다. 그리고 바위든은 전교하듯 딛고선 비디 쪽으로 빠르게 갔다.

"야! 그렇게 달리다가 바위에서 베타크로-쏘퓨…… 아니 소라게가 나오면 어떡하려……."

그는 길게 밀려오고 밀려가는 파도를 향해 이미 저만치 가고 있었다.

에잇.

슬옹이도 시멘트 도로 아래로 내려갔다.

검은 바위들은 미끈거렸다. 슬옹이는 중심을 잡으려 애쓰며

앞으로 나아갔다. 바위가 없는 곳에 이르자, 모랫바닥에 맑은
물이 고여있었다. 판달마루는 첨벙첨벙, 무릎 높이만큼 바다로
들어갔다. 긴 허리를 숙이고 무언가를 안으려 하고 있었다.

돌고래였다.

돌고래는 통나무처럼 빙글빙글 돌면서 등과 배를 내보였다.

"심장이 멎으려 한다."

판달마루가 돌고래를 가슴에 안았다.

죽어가는 생명을 다독이려는 것인지, 아니면 더 깊은 물로
보내려는 것인지는 알 수 없었다.

하아…….

그는 길게 탄식했다.

돌고래의 죽음이 몹시도 아린 표정이었다. 오랫동안 함께한
반려견의 죽음을 바라보는 듯한 눈빛이었다.

그는 그렇게 한동안 안고 있었다. 돌고래가 자꾸 그의 품에
서 빠져나가려 했다. 돌고래의 힘이 아닌, 밀려드는 물의 장력
때문이었다.

옆에서 슬옹이가 잡을 수 있도록 도왔다. 미끄덩거리는 돌고
래의 피부는 차가웠다. 돌고래 등에 뚫린 숨구멍에는 병 조각

이 박혀있었다. 슬옹이가 그것을 쑥, 뽑았지만 피는 나지 않았다. 유리 조각이 돌고래 상태에 영향을 준 건 아니었다. 돌고래는 어딘가 병들어 보였다. 둘은 돌고래를 안고 더 깊은 바다 쪽으로 이동했다. 판달마루의 허리까지 오는 지점에서 둘은 돌고래를 띄웠다. 돌고래는 여전히 눈처럼 하얀 배를 보이기도 하고 등을 보이기도 했다. 그런데 몸을 돌리는 게 아니라 물결에 밀리는 것 같았다.

"죽은 거야?"

"방금 죽었다."

긴 주둥이에서 실 같은 피가 길게 퍼지고 있었다.

주둥이에서 피가 나는 건지 눈과 주둥이 사이의 피부에 상처가 난 것인지 알 수 없었다.

그가 원망하듯 중얼거렸다.

"쿠론이 있다면 살릴 수 있었는데."

쿠론은 지금 슬옹이 몸 안에 있다.

파도가 철썩였다.

만조가 시작되고 있었다.

판달마루의 허리까지, 슬옹이의 가슴까지 파도가 밀려왔다.

슬옹이는 몸을 돌려야만 했다. 뒤꿈치를 들고 몸을 둥둥 뛰어 육지 쪽으로 가다가 뒤를 돌아보았다.

판달마루는 등을 돌린 채 그 자리 그대로 서있었다.

돌고래 사체는 그 앞에서 파도에 휩쓸리며 이리저리 떠돌고 있었다. 판달마루는 돌고래를 바라보기만 할 뿐 꼼짝도 하지 않았다.

비록 뒷모습이었지만 슬옹이는 그가 몹시 절망하고 있다는 것을 알았다.

판달마루가 고통스러운 목소리로 말했다.

"너 저번에 너랑 사는 아이가 바다에 나가기만 하면 죽은 돌고래를 건져 왔다고 했지?"

"응."

"죽어가는 돌고래도 종종 건져 왔다고 했지?"

"응. 살아있었어도 배가 선착장에 들어오면 금방 죽어버렸어."

"돌고래들이 요즘 부쩍 죽어 나가는 건, 바다가 썩어가기 때문이야."

"그런 것 같아."

슬옹이도 수긍했다.

"다음에 또 죽어가는 돌고래를 건져 오면 그땐 나에게 알려 줘. 건강한 돌고래를 잡아 오면 더 좋고."

"어떻게? 니가 어디에 있는 줄 알고?"

"아침, 정오, 저녁노을이 질 때 아무 때나 왕돌 앞으로 나와. 그 시간엔 항상 거기 있을 테니까."

"사람들에게 안 들키는 거야?"

"그런 건 알 거 없고. 아무튼 죽지 않은 돌고래가 들어오면 나에게 알려라."

물이 턱까지 밀려왔다. 슬옹이는 육지 쪽으로 헤엄치기 시작했다.


2

-잠시만요.

수화기 저편에서 자판을 두드리는 소리가 들리더니 상담사가 다시 나왔다.

-죄송합니다. 임종찬 씨의 신체가 언제 실험에 쓰일지는 우리도 알 수 없습니다, 고객님.

"알 수 없다뇨? 기증받은 신체의 사용 예정일 같은 게 있을 거 아니에요."

-저희로선 알 수 없습니다. 또 알아도 말씀드릴 수 없구요. 죄송합니다.

슬옹이는 아침 일찍 아빠의 USB가 들어있던 봉투에서 명예의 전당 서울지부에 전화를 걸었다. 고객센터는 전화를 받지 않았고, 신체 기증 문의라고 쓰인 번호로 걸자 자동응답멘트가 나왔다. 1번은 신체 기탁, 2번은 혈액 제공, 3번은 기타 신고, 4번은 상담사 연결이었다.

슬옹이는 아빠가 맡긴 신체가 언제 실험에 사용되고, 버려지는지를 알고 싶었다. 슬옹이가 콩쿠르에 나가 우승을 하려면 일 년이라는 시간이 필요하다. 아빠가 맡긴 신체가 그사이 실험에 쓰인 후 폐기되면 낭패였다. 적어도 아빠 신체는 일 년 이상은 명예의 전당에 보관되어 있어야만 했다.

"제가 우리 아빠 신체를 되찾고 싶은데, 당장은 아니고 일년쯤 뒤에 돈을 모아서 찾을 수 있을 거 같거든요."

-그때까지 신체가 있을지, 모르겠습니다만 저희는 임종찬 씨 신체에 관한 일정을 알려드릴 수는 없습니다.

"우리 아빠 몸은 잠시 맡겨둔 거예요. 곧 되찾아 와야 하는 거라고요!"

-임종찬 씨는 자신의 신체를 완전히 명예의 전당에 기증했습니다. 우리는 인류법 34조에 따라 제공된 신체는 인류를 위해 언제든 사용할 수 있고, 또 폐기할 수 있습니다.

"내년 가을까지만 그대로 두실 수 없나요?"

-죄송합니다. 냉동된 신체는 순차별로 쓰이는 게 아니어서요. 그것은 신체의 조건과 상황에 따라 달라집니다. HOFU 실험진의 필요에 따라 절차를 밟아서 당장 내일 사용될 수도 있습니다. 도움이 되지 못해서 죄송합니다. 다른 문의는 없으신가요?

상담사는 로봇처럼 건조하게 답했다.

슬옹이는 입술을 씹었다.

"제가 돈을 모을 때까지는 신체를 사용하지 말아주세요. 부탁이에요."

저쪽에서 귀찮다는 듯한 한숨이 나직하게 흘러나왔다.

-죄송합니다. 기증한 신체를 돌려받는 방법은 별도로 안내해 드리고 있습니다. 국가가 정한 절차를 밟고 신체를 맡길 때

지급한 원금과 이자를 납입하시면 가능합니다. 원하시면 은행에서 대출 경로도 알아봐 드릴까요?

"저는 대출할 나이가 아니라고요."

상담사가 또 한숨을 쉬었다. 어서 전화를 끊고 싶은 숨소리.

"부탁해요. 우리 아빠를 돌려주세요."

그 여자는 이제 건조한 사무용 톤이 아닌, 자신의 평소 목소리를 냈다.

-고객님, 그게 안 되는 이유를 추가로 말씀드리면요, 마린 포지에 감염된 신체는 더더욱 반출이 까다롭습니다. HOFU에 안치된 임종찬 님의 신체는 마린 포지에 감염된 상태입니다. HOFU에 제공한 감염된 신체를 반환할 경우 추가로 정부 승인이 필요하단 점도 말씀드립니다.

슬옹이는 자신이 들은 내용이 믿기지 않았다.

한참을 아무 말도 하지 않았다.

-고객님?

-고객님?

"아, 아빠가 마린 포지에 감염되었다고요?"

-임종찬 씨는 감염된 바디입니다. 감염 신체도 백신 개발을

위해 사용될 수 있으며 감염되지 않은 신체와 똑같은 조건으로 혜택이 나갑니다만, 반환은 다릅니다. 감염된 신체 반환은 당사자만이 신청 가능합니다. 인감도장이 있어야 하고 우리 회사에서 AI로 컨버트 된 아이디 코드가 있어야 하고요. 또 감염되지 않은 신체보다 스물다섯 가지의 조건 사항과 승인 사항이 요구됩니다. 반환 시 조건 사항과 승인 사항을 안내받으시겠습니까? 고객님? 고객님?

슬옹이는 스마트폰을 끊어버리고 말았다.


3

-알고 있었니?

"왜 말 안 했어요?"

-말한다고 해결될 문제가 아니지.

"그렇다고 몸을 줘버리면 어떡해요?"

-미안하다.

"되찾아올 거예요, 내가."

-병든 몸을 찾아온다고 모든 게 예전처럼 돌아갈 수 있는 게

아니다. 지금 전 세계에서 많은 사람이 자신의 몸을 맡기려 하고 있다. 나중에 시간이 흘러 의료기술이 발달하면 몸을 고치려고.

"아빠는 그게 아니잖아요. 아빠는 신체를 실험용으로 쓰라고 줘버린 거잖아요."

-감염된 몸이니까. 하지만 이렇게 정신만은 남아서 너와 함께하잖아.

"이건 함께하는 게 아니에요."

-이제는 함부로 몸을 맡기지도 못해. 아빠는 아주 운이 좋았다. 그 높은 경쟁률을 뚫었으니까. 전부 루간스키 교수 덕분이야.

"찾아올 거예요. 아빠를 반드시 정상으로 되돌릴 거예요."

-너는 피아노나 열심히 쳐라.

"피아노가 문제가 아니잖아요, 지금."

-피아노가 문제다. 너는 그것만 신경 써.

"아빠가 HOFU에 연락해서 신체를 돌려받겠다고 수정해주세요. 본인이 신청하면 신체를 내줄 수 있대요. 인공지능이 된 당사자만 가능하대요."

-그건 니가 신경 쓸 일이 아니다.

"제발 몸을 돌려받아요. 저들에게 돌려줄 돈은 제가 콩쿠르에서 우승해서 갚을게요."

-너는 열심히 피아노 연습을 하는 거다. 나는 언제나 네 곁에 있다. 그러니 우린 예전과 다를 게 없어. 아니지, 예전보다 더 함께 있는 거야. 그리고 내 몸을 돌려받으려면 인감도장이 필요한데 인감은 나한테 없다.

"누구한테 있어요?"

아빠는 말하지 않았다.

"……동구 아저씨한테 있죠?"

대답이 없는 걸 보니 맞다.

아빠가 뒤처리를 맡길 사람은 고모 아니면 동구 아저씨다. 고모는 조카들 키우기에 바쁜 데다 고모부도 마린 포지에 감염되어 병원에 누워있었다. 아빠 성격상 절대로 고모에게 중요한 일들을 처리해달라고 부탁하지 않았을 테다.

아빠는 인공지능이지만 몸을 가진 사람과 똑같이 사회 구성원이었다. 투표권도 있고, 주민등록번호도 살아있으며 은행 잔고도 유지되었다. 그러나 몸이 없기에 대리인을 선정해야 했다.

동구 아저씨가 아빠의 대리인이냐고 물었지만 아빠는 대답하지 않았다.

"피아니스트 따윈 되지 않을래요. 내일 당장 서울에 올라갈 거예요."

사실이었다.

몸에 쿠론이 있는 한 아빠는 살 수 있었다.

슬옹이는 언젠가 몸에서 나올 쿠론을 보관했다가 아빠 몸에 넣어볼 생각이었다. 그러려면 아빠 신체를 서둘러 돌려받아야 한다. 그건 아빠만이 할 수 있다.

-아빠 마음을 모르는 거야? 아니면 모른 척하는 거야?

"아빠야말로 제 마음을 모르시는 거예요? 아니면 모르는 척하시는 거예요?"

-너는 너만 아는구나.

"아빠도요. 나 갈래요."

-그럴 수 없다.

"갈 거야. 고모 집에 갈 거야."

-이놈이. 부러지고 싶냐?

"흥, 몸도 없으면서."

스마트폰 속 아빠는 한동안 말을 하지 않았다.

"죄송해요." 말을 너무 심하게 한 것을 사과했다. "나는요, 아빠."

슬옹이는 거기까지 말하고 입을 닫았다.

아빠도 더는 묻지 않았다.

방 안에는 고요만 흘렀다. 그러나 슬옹이는 입 밖으로 내지 못한 말을 속으로 되뇌고 있었다.

'아빠가 보고 싶다구요.'

'나, 외롭다구요.'

'엄마도 없는데 아빠마저 없으면, 혼자 어떻게 살라고 사라진 거예요.'

한참 만에 아빠가 말했다.

-왜 말하다가 마는 거야? 나는요, 뭐? 말해봐.

"……나는요"

눈물이 흘렀다.

'아직 고등학생일 뿐이라고요.'

속으로 그렇게 말했을 뿐이다.

적막이 더 흐르는 것을 참을 수 없다는 듯 아빠가 말했다.

-할 말 없으면 오늘은 그만하자. 내일 이야기하자.

스마트폰 속 인공지능은 저 혼자 꺼졌다.

쿠론

1

후루룩, 쩝쩝.

판달마루는 현무암이 넓게 깔린 바닷가를 향해 긴 다리를 늘어뜨리고 새우탕을 정신없이 흡입하고 있었다.

슬옹이는 그를 물끄러미 바라보았다.

"너 새우탕을 진짜 좋아하는구나."

"후르륵, 쩝쩝. 맛있다. 이 음식, 후르륵, 쩝쩝. 우주 최고야."

슬옹이는 그의 몸을 찬찬히 살폈다.

이전에 보았을 때와 복장이 같다. 몸에 돌돌 말고 있는 민 짐요가 아닌 망토였다. 겨드랑이 사이로 그의 홀쭉한 몸이 드러났다. 그는 꽤 정교한 전선들이 무늬처럼 붙어있는 슈트를 입고 있었다. 천인지 갑옷인지 분간하기 힘들었지만, 표면에는 물방울만한 돌기가 촘촘하게 박혀있고 광택이 흘렀다.


판달마루가 새우탕을 먹는 동안 슬옹이는 학교에서 있었던 일, 동구 할머니네에서 있었던 일, 들었던 음악 등을 판달마루에게 이야기하곤 했다. 그가 듣는지는 신경쓰지 않았다.

바다가 넓어서일까?

오늘따라 검고 굳은 것이 꽉 들어찬 것 같던 마음자리가 흐물거리고 넓어지는 것 같았다. 그래선지 묵직하게 박혀있는 속내를 토해내고 싶어졌다.

"판달마루, 우리 아빠는 있지, 몸이 없어. 팔았거든. 정신만 남아서 스마트폰에 들어가 있어. 아빠는 이렇게 말해. 그 상태로 있는 게 더 좋다고. 힘들게 먹고, 싸고, 춥고, 더울 일이 없어서. 몸 아파질 걱정도 없고. 아빠는 인간이 전부 자기처럼 AI가 되면 좋겠다고 말해. 그것이 지구에 도움이 된다고. 인간이 하루에 뱉어내는 공해가 어마어마하잖아. 아빠가 그렇게 말하는 게 진심인지 아닌지 나는 헷갈려. 나 때문에 몸을 판 게 미안해서 그런 말을 하는가 싶다가도, 어떨 땐 진심으로 그 어처구니없는 상태를 좋아하는 것 같아."

판달마루는 옆에서 후루룩 쩝쩝, 소리만 냈다.

"아빠가 몸을 맡긴 이유를 얼마 전에 알았어. 내가 사고를 쳐서 큰돈이 필요하기도 했지만, 그것보다 더 중요한 이유가 있었어."

거기까지 말하고 슬옹이는 곧 후회했다. 괜한 말을 한 것 같았다.

새우탕 하나를 다 비운 판달마루는 마치 자기 것인 양, 슬옹이의 가방을 뒤적거리고 새 컵라면을 꺼냈다. 그가 비닐을 잘 벗기지 못하자, "줘, 내가 해줄게." 슬옹이가 빼앗아 컵라면 비닐을 뜯고 덮개를 열어 보온병의 물을 따라 건네주었다.

컵라면 표면을 밀봉한 비닐 쓰레기를 물끄러미 보던 그는 살짝 이마를 찡그렸다. 슬옹이는 비닐을 주먹 안으로 말아 숨겼다. 판달마루는 아무 말 없이 새우탕을 먹었다.

후루룩, 후루룩.

"천천히 먹어. 세 개나 가지고 왔으니까."

슬옹이가 슬쩍 물었다.

"그 지네들, 이름이 쿠론이라고 했지? 쿠론(Couronne)이면 불어로 꽃으로 만든 월계관을 말하는데 설마 그 뜻은 아니겠지?"

슬옹이는 불어와 독어를 좀 안다. 피아노를 배우기 위해서는 불어와 독어도 공부해야만 했다. 물론 엄마가 살아있을 때였지만. 바그너 오페라 〈뉘른베르크의 명가수〉 3막에는 뉘른베르크 교외에 있는 강가 풀밭에서 축제를 벌이는 장면이 있다.

화관을 쓴 배우들이 춤을 출 때 엄마가 배우들의 복장과 머리에 쓴 꽃관을 설명해주어서 쿠론이라는 단어를 알게 되었다.

"올바른 발음은 '쿠유-로우니운'에 가까워. 후루룩, 후루룩."

후루룩거리던 판달마루가 말했다.

늘 느끼지만 그의 발음은 길고 늘어졌다. 압축하면 굉장히 쉽게 들리고.

"발음이 어렵네. 그냥 나는 쿠론이라고 부를게."

그는 대답 대신 새우탕에 긴 코를 박고 면발을 흡입했다.

"나오긴 하는 거지? 내 몸에서."

"네 몸에 있는 쿠론은 원래 내 몸에 있어야 하는 것들이다. 후루룩, 그게 없으면 나는 살지 못해. 당연히 나와서 나에게 와야지."

"그렇게나 중요한 걸 나한테 왜 준 거야?"

"내 쿠론을 괜히 준 것 같으냐? 네가 베타크로-쏘퓨르발라흐 도로부터 나를 살려준 보답으로 내 쿠론들을 보내준 것이다."

베타크로- 아니 작은 소라게로부터 이 덩치 큰 외계인을 구해준 보답이라니, 쩝.

후루룩, 쩝쩝.

"그게 마린 포지 바이러스에 걸린 몸을 정상으로 만들어준다는 거지?"

판달마루는 대답하지 않았다.

그가 대답하지 않는 건 너무도 당연한 질문을 했기 때문이다. 슬옹이는 무릎을 껴안고 그가 새우탕을 다 먹기를 기다렸다. 두 번째 새우탕도 국물까지 전부 마신 판달마루는 슬옹이의 열린 가방 안을 힐끔거렸다.

"하나 더 있어. 마지막 거. 그것도 먹을래?"

그는 콜라를 보고 있었다.

슬옹이는 콜라 뚜껑을 피이익 돌려서 내밀었다. 꿀꺽꿀꺽 판달마루는 반을 마셨다.

끄으억.

판달마루가 먹은 새우탕 뚜껑을 뜯어내 따로 접고, 새우탕 사발은 보온병에 남은 물로 깨끗이 씻어서 물기를 털고 겹쳤다. 그리고 플라스틱 콜라에 붙은 비닐 상표를 뜯어냈다.

"뭐 하는 거냐?"

"재활용해야 하거든. 이렇게 씻어서 말린 후 재활용 쓰레기통에 분리해야 해."

판달마루는 가소롭다는 듯 피식 웃었다.

"웃는 거야? 뭐가 웃긴데?"

슬옹이가 반쯤 남은 콜라를 가방에 넣으며 물었다.

판달마루는 대답 대신 이 사이에 뭐가 끼었는지 쩍쩍거리며 먼바다를 바라보았다.

유성 몇 개가 휙휙 지나갔다. 새벽이었지만 따뜻한 바람이 불었다. 판달마루 머리를 덮은 후드가 한들거렸고 슬옹이의 숱 많은 머리카락도 풀풀 춤을 추었다.

후루룩 쩝쩝대던 그가 옆에서 갑자기 말했다.

"그 하찮은 바이러스는 곧 정복될 거야. 걱정하지 마, 스롱."

판달마루에겐 시니컬하면서도 따뜻한 마음이 있다.

"그럴까?"

후루룩. 후루룩.

"엄마도 걸린 지 반년 만에 돌아가셨어. 아빠는 당신마저 그렇게 되면 세상에 나 혼자 남는 게 싫었던 거야. 그래서 몸을 버리고 인공지능이 된 거야."

끄어억.

그가 다 먹은 컵라면을 내려놓고 트림을 한번 했다.

"쿠론이 있으면 아빠도 살 수 있겠지?"

옆에서 아무 대답이 없다는 것은 그렇다는 뜻.

"쿠론인가 하는 거, 내 몸에서 얼마나 머무른다고 했지?"

"쿠론이 다른 숙주로 이동하면 보름 정도는 머물러 있어야 한다. 그 생체에 적응한 후 다시 슬슬 움직이는 거지. 또 그때 서야 스스로 밖으로 나올 수도 있고."

쿠론이 슬옹이 몸에 있는 동안 판달마루는 원래 가진 생체능력을 발휘하지 못하고 미세한 생명 유지능력만 지닌 채 있어야만 한다고 말했다.

그는 지금 최소한의 기운으로 살고 있으며 쿠론이 다시 자신의 몸에 들어오면 예전의 능력과 신체기능을 되찾는다고 설명했다.

"우리 판-타노 종족은 태어날 때부터 몸에 쿠론 한 쌍을 지니고 태어나. 그 쿠론들이 우리 생체 리듬을 전담한다."

판달마루가 살던 행성 이름은 '판-타노'였다.

"내 몸에서 쿠론이 나오지 않으면 판달마루 너는 죽는 거야?"

"그럴 수 있겠지."

판달마루가 먼바다를 응시하며 말했다.

"쿠론은 정확하게 어떤 일을 하는 건데?"

"보호령이라고나 할까."

"보호령? 요정 같은 거?"

"그건 우주의 에너지로 만들어진 보호령이다. 우리 판-타노 인들의 생명을 관장하지. 우린 태어날 때부터 한 쌍의 쿠론을 가지고 태어난다."

"소중한 쿠론을 나에게 준 거구나. 고마워."

"고맙다고 말하는 것은 좋은 태도야, 스롱."

슬옹이는 어깨를 한번 으쓱했다.

"그러니까 지금 판달마루 넌, 정상적인 능력을 발휘하지 못하는 상태란 말이지?"

판달마루는 더는 대답하기 귀찮다는 듯 바다를 살폈다.

슬옹이는 안도했다.

다행이다. 판달마루는 인간 언어를 파장으로 느끼고 그 근원까지 읽어내며 배우는 능력을 지녔다. 그런데 지금 판달마루의 컨디션은 좋지 않다. 이제 머릿속을 들킬 염려는 없다.

"콜라 더 없니?"

"……."

"스롱."

"으응?"

"콜라 더 달라고."

"가방에 있을 거야. 찾아봐."

슬옹이는 이제 다른 생각에 잠겨있었다.

아빠가 맡긴 신체를 되찾을 궁리였다.

슬옹이는 자기 안에 있는 쿠론을 아빠 몸에 넣어줄 수 있다면 무슨 짓이라도 하리라 생각했다.


2

음악실 한쪽에 쌓아놓은 음향 장비들은 아무리 청소해도 먼지가 잘 닦이지 않았다. 표면에 달라붙어 있는 흰 결정들은 봄 여름에 창문을 열어놓았을 때 바람에 실려 온 소금기였다.

음악실에는 스피커와 앰프뿐 아니라, 알 수 없는 음향 장비들이 많았다. 심지어 우산 모양의 철제 안테나도 있었다. 몇 개의 큰 스피커에는 동구 아저씨 이름이 매직으로 쓰여있다. 한

때 음악 카페를 차렸다가 망한 동구 아저씨가 갖다 놓은 음향 장비들이었다.

동구 아저씨, 아니 교장 선생님은 책상에 앉아 마이크를 톡 톡 두드렸다.

소리가 나지 않자 동구 아저씨는 몸을 돌려 벽 쪽에 둔 여러 기계 장치 중 계기판 바늘이 요란하게 움직이는 앰프의 볼륨을 조절하고 파워 상태를 확인했다.

다시 마이크를 두드리자, 이번에는 음악실 스피커에서 툭, 투툭, 굵은 소리가 났다.

"아, 아. 마이크 테스트 중."

건물 외벽에 붙은 스피커와 멀찍이 떨어진 길가에 서있는 전봇대에 박힌 스피커로 동구 아저씨 목소리가 울렸다.

동구 아저씨는 만족한 듯 마이크 끝에 엉킨 전선들을 정리하고 책상을 당겨 앉고선 허리를 바로 폈다.

"아아, 교장입니다."

가파도 중심가인 보건소 쪽에는 전봇대와 담벼락에 확성기가 여럿 달려있었다.

교장 선생님이자 마을 이장도 겸하고 있는 동구 아저씨는 목소리를 낮게 깔고 연설하기 시작했다.

"공지했다시피 올해 청보리 축제는 전염병 창궐 시기에 시의적절하지 않다고 판단해서 열지 않기로 했습니다. 그리고 이틀 뒤인 16일부터 열흘간 가파도에 외지인들이 입도할 수 없습니다. 고로 여객선은 운용하지 않으니 이 점 양해하시기 바랍니다. 대신 본토에 볼일이 있는 분들은 아침 아홉 시, 오전 열한 시, 오후 다섯 시, 세 차례 자체적으로 배를 운용하고 있으니 이용하시기 바랍니다. 그리고 동해횟집 박씨, 정군에게 빌려간 모터 기름 어서 돌려줘요. 귀촌한 젊은 총각한테 뭐 하나라도 보태주지는 못할망정, 그 친구가 뭍에서 사 온 걸 뺏어가? 빨리 돌려줘 슈지한 ㄱ 친구, 만도 못 히고 네네 눈치민 보더만. 전화도 안 받고 말이지. 아무튼 그렇고, 오랜만에 마이크를 잡았으니까 내가 노래 한 곡 하고 이만 닫겠소. 제목은."

찌지직 뚝.

마이크를 빼앗긴 동구 아저씨가 놀라 돌아보았다.

"야! 마이크를 왜 가져가?"

"교장 선생님, 저랑 이야기 좀 해요."

슬옹이는 낚아챈 마이크를 저쪽, 무릎 담요를 말아 넣은 소쿠리에 함부로 던지고 작정한 듯 피아노 의자에 앉았다.

동구 아저씨는 슬옹이 표정을 이리저리 살폈다.

"이야기? 무슨?"

"아저씨."

"어허, 학교에서는 교장 선생님이라고 부르라니까."

"이 음악실에 아무도 없잖아요. 그리고 저는 아저씨가 학교 교장 선생님이 되기 전부터 아저씨라고 불렀어요. 그것보다 궁금한 게 있어요."

"뭔데?"

"아빠가 몸을 맡긴 걸 언제 알았어요?"

"그게 무슨 소리냐?"

"제가 가파도에 있을 곳을 마련한 건 아저씨잖아요. 아빠한테 부탁받았던 거잖아요. 그렇다면 아빠가 신체를 맡긴 사실도 알고 계셨을 거 아니에요."

동구 아저씨는 결국 고개를 끄덕였다.

"미국 가기 전에 나하고 며칠 같이 있었지."

"왜 말리지 않으셨어요?"

"말린다고 안 할 사람이냐? 종찬이가?"

"그렇다고 인공지능이 되게 두신 거예요?"

"네 아빠는 자기가 할 수 있는 최고의 선택을 한 거다. 몸은 칠 년 뒤면 다시 찾을 수 있다고 들었다."

"거짓말하지 마세요. 아빠는 바이러스에 걸렸잖아요. 저도 안다구요."

동구 아저씨의 눈이 커졌다.

"어떻게 알았니?"

"됐고요. 아빠 인감도장을 주세요. 아이디 코드 카드도요. 신체를 돌려받으려면 그게 필요하대요. 아빠 몸이 실험용으로 쓰이기 전에 되찾고 싶어요."

동구 아저씨는 복잡한 표정을 지었다.

"슬옹아."

"아빠를 설득해줘요. 당장 몸을 되돌려 받으라고 말해줘요."

"몸을 돌려받으면 네 아빠는 그대로 사망하고 말 거다. 감염된 신체에 정신이 다시 들어가면, 네 아빠는 측은한 감염자일 뿐이야. 이제 시한부로 사는 날만 남는 거라고. 너도 그걸 원하는 건 아닐 테지."

틀린 말이 아니다.

아빠가 감염된 신체를 돌려받는다면 그것은 아빠도 엄마처럼 병실에서 누워 죽을 날만 기다리는 일만 남을 뿐이다. 하지만 슬옹이는 믿는 구석이 있다. 바로 쿠론이다. 그러나 그 존재를 모르는 동구 아저씨는 절대 그럴 수 없다는 듯 고개를 저었다.

"종찬이에겐 지금 이 상태가 최선이다."

"인감도장과 아이디 카드를 주세요. 어서."

"안 된다."

"그럼 고발하겠어요."

"네 아빠의 법적 대리인은 나다."

"저로 바꾸겠어요."

동구 아저씨는 한숨을 쉬었다.

"그리고 아저씨, 아빠 회사에 말해서, 퇴직금을 좀 달라고 해요. 그걸로 우선 일부 변제하고 몸을 돌려받을 수 있대요. 아저씨, 아니 교장 선생님. 도와주세요."

"어허, 참 내. 그렇게 설명해도."

동구 아저씨는 혀를 끌끌 찼다.

"금방 갚을 수 있어요. 피아노 천재아들 둬서 뭐 해요. 제가 콩쿠르에 나가서 상금을 받고 아빠 퇴직금을 합치면 얼추 비슷한 금액이 나와요. HOFU에 아빠가 신체를 맡기고 받은 돈을 전부 갚을 수 있다고요. 만약 모자란다면 제가 공연을 더 할 수도 있고요. 그 수익금으로 빚을 갚을 수 있다고요. 저, 이번 달 내로 서울로 갈 거예요."

"그건 예술원 결정을 어기는 거다."

"상관없어요."

지금 슬옹이는 그런 세세한 계산을 하자는 게 아니었다. 아빠가 극단적으로 판단하고 결정한 것을 서둘러 되돌려야 했다.

"퇴직금 같은 건 없다, 네 아빠는."

"네?"

"이전 회사 퇴직금은 네 엄마가 아플 때 전부 빼 썼다고."

"이전 회사?"

동구 아저씨는 눈을 동그랗게 떴다.

"몰랐냐? 네 아빠, 회사를 그만둔 후 줄곧 제주도에서 택배 일을 했어. 그걸로 네 레슨비를 감당했다고. 몰랐구나."

그 말에 슬옹이는 입을 다물지 못했다.

"네 아빠, 게임 개발 연구직 이사 자리를 그만둔 지 오 년이 넘었어. 종찬이는 자신의 몸이 마지막 남은 재산이라는 걸 알았어. 슬옹이 네가 유명한 연주자가 되어서 돈을 벌어도 그것은 자기 게 아니라고 말했어. 아들이 번 돈은 아들 거라고. 종찬이는 어쩌면 널 위해 제일 나은 선택을 한…… 헛, 그런데, 저 불 뭐냐?"

동구 아저씨는 갑자기 심각한 표정으로 일어나 책상 옆 음향 기기 쪽으로 갔다.

네모난 액정에서 붉은 점들이 길어졌다 짧아지고 있었다. 그것은 동구 아저씨와 슬옹이의 말들이 강약에 따라 강해졌다가 약해지는 신호였다.

동구 아저씨가 소리쳤다.

"으아악, 마이크가 켜져있었네."

동구 아저씨가 우왕좌왕했지만 슬옹이는 멍하니 피아노 의자에 앉아있을 뿐이었다.

'아, 아빠가 배달 일을 했다고? 회사를 그만둔 지 오래되었다고?'

동구 아저씨는 창을 열고 밖을 내다보았다.

보건소 쪽에서 사람들 몇 명이 나와서 이쪽을 바라보고 있었다. 그들은 멀리 학교 건물 오 층에서 밖을 내다보고 있는 동구 아저씨를 보고 손을 흔들었다.

동구 아저씨는 두 사람의 대화가 가파도 전체에 퍼지고 말았다는 것을 깨달았다.

"슬옹아, 큰일 났다. 섬사람들이 우리 이야기를 전부 알아버렸어."

슬옹이는 일어나 창가로 갔다. 섬사람들이 다 알든 말든 그건 슬옹이에게 전혀 중요한 문제가 아니었다. 그저 새롭게 알게 된 사실이 놀라울 뿐이었다.

너른 바다가 보였다. 푸른 바다는 가파도보다 훨씬 부풀게 퍼져있는 것 같았다. 바다를 보면서 슬옹이는 아빠를 생각했다. 아빠는 엄마가 아팠을 때부터 병간호하느라 회사에 일 년 유급 휴가를 냈다고 했다. 쉬어도 월급이 나오는 것은 회사가 크고 유명한 외국계 회사여서 그렇다고 웃으면서 말했다. 슬옹이가 서울에서 함께 살자고 해도 아빠는 웃으며 고개를 저었다.

"여기 회사에서 돈도 많이 주고, 아름다운 자연도 있고. 얼마나 좋으냐. 우리 아들이 독립할 때까진 아빠는 여기에 있으련다, 아들."

슬옹이는 그간 아빠가 제주도에 있는 것이 너무도 당연하다고 생각했다. 하지만 그게 아니었다. 아빠는 택배 일을 하며 돈을 벌기 위해 제주도에 남아있었던 것이다.

"어이, 마이크가 혼선되어서 그래. 신경 쓰지 마!"

동구 아저씨가 창밖으로 머리를 내밀고 멀리서 바라보는 동네 사람들에게 소리쳤다. 멍하게 바다를 보던 슬옹이 시선에 무언가가 들어왔다. 서쪽, 파도를 맞고 있는 검은 해안 바위들 너머.

그가 서있었다.

판달마루는 꼼짝하지 않고 서서 학교 오 층 음악실의 길고 큰 창으로 내다보는 슬옹이를 바라보고 있었다.

발트슈타인

1

슬옹이는 피아노 뚜껑을 올린 후 긴 숨을 한번 내쉬고 시작하겠다는 듯 아이들을 바라보았다.

"베토벤은 피아노 소나타 서른두 곡을 만들었어. 소나타는 한 마디로 피아노 연주곡이야. 총 3개의 악장으로 되어있어. 1악장은 빠른 곡으로 한 십 분 정도, 2악장은 느리고 애수에 찬 곡을 한 십 분 정도, 3악장은 다시 빠른 곡으로 마무리하지. 특히 1악장은 제시, 전개, 재현의 소나타 형식으로 구성되어야 해."

아이들은 전혀 못 알아듣는 표정이었다.

평소와 달리 수업하는 슬옹이의 목소리는 하이톤이었다. 아닌 게 아니라 슬옹이는 오늘 기분이 무척 좋았다.

어제 동구 아저씨에게 아빠의 인감도장과 인공지능 아이디를 받아냈기 때문이다. 슬옹이는 밤마다 가게 할머니 집의 동구 아저씨 방에서 죽치고 농성을 벌였다. 동구 아저씨는 더는 고집을 꺾을 수 없다고 여겼는지 조용히 책상 위로 커다란 봉투를 내밀었다. 봉투 상단에 HOFU 마크가 찍혀있었다.

"이 서류가 있으면 본인 증명이 된다."

"감사합니다."

"조건이 있다."

"뭔데요?"

"명예의 전당에 가서 신체를 돌려받기 전에 네 아빠를 불러 내서 마지막으로 물어봐 주렴."

"그건 곤란해요."

"종찬이는 다시 자신이 되돌아온 걸 알면 실망할 거다."

"괜찮아요. 아빠가 건강해지면 전부 잊으실 거예요."

동구 아저씨는 연신 고개를 갸웃했지만 슬옹이는 쿠론에 관한 이야기를 하지 않았다.

기분이 좋아진 슬옹이는 집에 둔 컵라면 상자 두 개 중 한 상자와 할머니 가게에서 과자도 잔뜩 사가지고 왔다. 아이들이 급식을 먹기 싫으면 언제든 음악실에서 컵라면과 과자를 먹을 수 있도록. 남은 컵라면 한 상자는 판달마루를 위해서였다. 그에게 먹일 컵라면은 떠나기 전까지 한 상자 정도면 충분할 것 같았다.

피아노 앞에 앉은 슬옹이는 아이들에게 설명을 계속해 나갔다.

"소나타는 1장이 반드시 소나타 형식이어야 해. 소나타 형식을 잘 모르겠다고? 형식이나 그런 거 외울 생각하지 마. 어려울 것 하나도 없어. '소나타'라는 말은 그냥 '연주곡'이다~, 이렇게만 생각해. 피아노 소나타는 피아노로 치는 한 삼십 분짜리 연주곡! 바이올린 소나타는 바이올린을 켜는 한 삼십 분짜리 연주곡. 알겠니? 쉽지? 자, 이 곡은 21번이야. 들어봐."

두둥-

낮은 '라' 건반 소리가 나자, 바라보는 다섯 아이는 침을 꿀꺽 삼켰다.

슬옹이는 눈을 감았다. 그리고 낮은 라와 미를 동시에 누르며 곡을 시작했다.

동동동동동-

첫 네 마디가 울려 퍼졌다.

"와."

아이들이 입을 벌렸다.

꽃피어라는 너무도 신기한 나머지 작은 플라스틱 선글라스를 벗으려고 했고 지우가 그 손을 막고 계속 쓰고 있게 했다.

동희는 스마트폰으로 베토벤 피아노 소나타 21번을 찾고 있었다.

이 곡은 베토벤 피아노 소나타 중 그의 작곡 인생 중기에 만들어졌다. 이때 작품들의 특징은 초기 하이든이나 모차르트의 영향을 받은 고전주의적 느낌에서 터치가 화려해지고 기교가 드러나고 베토벤의 깊은 사색이 느껴진다.

이 곡은 그의 후원자인 페르디난트 폰 발트슈타인 백작에게 헌정했기에 21번 피아노 소나타는 〈발트슈타인〉이라는 부제가 붙었다.

아이들은 순식간에 음악실을 가득 채운 선율에 어깨가 절로 들썩이는 것을 참고 슬옹이를 지켜보았다. 갑자기 슬옹이는 건반 치던 손을 딱 멈추었다.

뚝, 음악이 끊기자 아이들은 저마다 고개를 갸웃했다.

"왜 멈춰?"라고 항의하는 표정들이었다.

"악보는 하나야. 그치? 누구나 이 악보의 기호대로 〈발트슈타인〉을 쳐야 해. 하지만 그 속에는 여러 가지 감정이 있어. 내가 치는 〈발트슈타인〉과 지우가 치는 〈발트슈타인〉과 또 상몽이가 치는 〈발트슈타인〉은 다를 수밖에 없어."

"우리는 피아노를 칠 줄 모르는데?"

상몽이가 말했다.

슬옹이가 상몽이를 바라보기만 했다.

"발트 그거, 칠 줄 모른다고. 우리는……요."

상몽이는 존댓말을 하지 않아서 슬옹이가 자신을 보는 줄 알고 슬그머니 마지막에 요, 자를 붙였다.

슬옹이가 입꼬리를 올리고 웃으며 설명했다.

"내가 너희에게 알려주고 싶은 건 이거야. 형식은 지키되, 그 형식 안에서 우리 개성을 마음껏 표현해야 한다는 거지."

"형식과 개성? 예를 들면?"

동희가 고개를 갸웃했다.

"예를 들면 공부 같은 거야. 오늘 너희 수학 시험 쳤지?"

다들 고개를 끄덕였다.

"전부 같은 과목을 배우고 같은 시험을 치지만 너희들 각자 꿈은 다르잖아. 동희는 화가가 되려고 수학 시험을 치는 거고, 상몽이는 모델이 되려고 수학 시험을 치는 거고. 그치?"

동희와 상몽이의 얼굴이 빨개졌다.

"베토벤의 피아노 소나타를 치더라도 베토벤이 치는 것과 내가 치는 것과 클라우디오 아라우가 치는 것과 조성진이 치는 것은 달라. 사람은 저마다 다르다는 것을 인정했으면 좋겠어. 우리는 다르기에 함께 살 수 있는 거야. 어른들이 만든 사회의 규칙은 따르되, 우리는 거기에 흡수되면 안 돼."

꽃피어라가 말했다.

"우리가 물이야? 흡수되게?"

상몽이도 말했다.

"음악 시간 아니고 왠지 사회 시간 같네?"

아이들이 까르르 웃었다.

슬옹이는 웃지 않았다.

"음악도 사회 속에서 구현하는 예술이야. 오늘 수업의 주제는 바로 형식을 지키되 스스로 생각할 줄 알아야 한다는 거다."

아이들은 고개를 끄덕였다.

"부모도 틀릴 수 있어. 법도 그렇고. 정부도 그렇고."

그때였다.

어디선가 바람 빠지는 소리가 났다.

강웅이가 피식, 웃으며 책상을 손으로 이리저리 긋고 있었다. 표정에 냉소가 가득했다.

"내 말에 불만이 있어, 강웅? 동의 못 하면 네 의견을 말해봐."

"바다에 쓰레기를 버리고 지구를 더럽히는 것은? 법을 만든 정부가 몰래 쓰레기를 버리고 있어. 배 타고 나가보면 정부 마크가 있는 비닐과 플라스틱 천지야. 정부가 쓰레기를 바다에 버리고 있다고."

"그래. 그건 정부가 형식을 지키지 않은 거지."

"그러니까, 그건 어쩔 거냐고?"

"우린 커서 그런 짓을 하지 말자고 내가 설명하고 있는 거잖아. 피아노로."

강웅이는 입을 닫았다.

강웅이와 할머니가 주말마다 바다로 나가 건져 올린 그물에는 쓰레기뿐 아니라 죽은 바다 생물들이 가득했다. 또 폐그물과 플라스틱 용기에 몸이 끼어 바둥거리는 돌고래나 가오리들도 많이 보았다. 몸을 구속하는 것들을 풀어주려고 하면 그것들은 강웅이의 마음도 모른 채 깊은 바닷속으로 사라져버렸다. 강웅이는 바다에 나갈 때는 늘 설레다가 돌아올 때는 늘 그늘이 져있었다. 인간이 바다를 얼마나 해치는지를 누구보다 분명하게 느끼는 것이다.

"바다에 나가보면 그것보다 더 처참해."

슬옹이는 할 말이 없었다.

"내 수업은 이게 끝이야. 내가 한 곡 쳐줄게. 베토벤 피아노 소나타 21번. 발트슈타인 1악장이야. 그거 듣고 각자 교실로 내려가."

베토벤 피아노 소나타 21번, 1악장이 흘렀다.

저음의 빠르고 경쾌하고 일정한 14마디에서 슬옹이는 코드를 바꾸었다. 16분음표의 움직임을 넓게 확산했다. 두 번째 주제가 퍼졌다.

첫 번째 주제와 달리 차분하고 서정적인 선율이 흘렀다. 그리고 그 선율은 다시 급박해지며 셋잇단음표의 박자로 건반을 두들겼다. 베토벤의 악보는 전개부로 접어들며, 다시 급격하게 빨라지라고 지시하고 있었다.

슬옹이는 가슴을 부풀렸다.

악보에 쓰인 대로 손을 정신없이 빠르게 움직이고 팔꿈치를 꺾으며 화려하고 현란하게 음을 확장시켜야만 했다. 그런데 음은 점점 작아지고 있었다. 건반을 치는 슬옹이 어깨가 원을 그리며 점점 크게 움직였다.

아이들은 피아노 의자에 앉은 슬옹이의 상체가 마치 상모를 돌리는 춤꾼처럼 흔들거리는 것을 그저 바라볼 뿐이었다.

슬옹이의 이마에서 줄줄 흘러내린 땀이 턱으로 고이고 있었다. 뭔가 이상함을 느낀 동희가 지우 옆구리를 푹 찔렀다. 지우가 강옹이를 슬쩍 보았다. 강옹이는 슬옹이를 노려보고 있다가 뭔가 직감하고 벌떡 일어났다.

쾅-

동시에 슬옹이는 건반에 이마를 박고 의식을 잃었다.

?

눈을 떴다.

방이었다.

고개를 돌려보니 가게 할머니가 등을 돌리고 약봉지를 나누고 있었다. 쿵쿵, 아래에서 강옹이가 나무 계단으로 올라왔다.

"할머니, 여기 죽요."

"뜨겁니?"

"미지근해요."

"그럼 냉장고에 넣어두렴. 깨면 다시 데워야겠······."

할머니는 강웅이의 표정을 보고 슬옹이가 누운 침대를 돌아보았다.

슬옹이는 눈을 뜨고 있었다.

"선생님, 괜찮아?" 강웅이가 물었다.

슬옹이는 고개를 끄덕였다.

할머니와 강웅이는 선글라스를 착용하고 있지 않았다. 슬옹이도 선글라스 없이 누워있었다.

방에 있는 세 사람은 그래선 안 되었지만 무슨 이유에선지 괜찮다고 생각했다. 그 어떤 확신도 없었지만, 그저 그렇게 생각했다.

할머니는 슬옹이 이마에 올려놓은 물수건을 갈았고, 강웅이는 슬옹이가 마실 물에 빨대를 꽂은 채로 들고 있었다. 할머니가 슬옹이 스마트폰을 뒤적거리며 슬옹이 이마를 까고 눈동자에 스마트폰을 가져가려 했다. 안구 정보가 있어야 스마트폰이 열리기 때문이다.

"뭐 하세요?"

"니 아빠를 불러야지."

"아빠요?"

"니 아빠가 니가 깨어나면 부르라고 했다."

슬옹이 스마트폰 비밀번호를 몰라 선생님들과 어른들은 슬옹이 눈을 까고 아빠를 불러냈다고 한다.

다들 당황해서 발을 동동 구르는데 슬옹이 아빠는 침착했다고 한다.

가파도 보건소장은 어제 모친 생신이라 제주도로 나가 고향인 목포로 가고 없었다.

아빠는 스마트폰 카메라로 슬옹이의 각막을 스캔해서 슬옹이 상태를 체크했다고 한다. 아빠는 별다른 이상징후가 없다며 집으로 옮기라고 요청했다.

선생님과 어른들은 슬옹이를 배에 태워 제주로 보내려 했지만 아빠가 괜찮을 거라며 집을 고집했다. 슬옹이는 쓰러진 지 네 시간 만에 깨어났다.

"나가 있으마. 무슨 일이 있으면 불러라. 그리고 네 아빠를 불러서 대화해보고."

할머니와 강웅이는 죽을 데워놓고 방을 나갔다.

스마트폰 속 아빠 목소리는 차분했다.

-괜찮니?

"네."

-네가 쓰러진 이유를 분석했다.

"피곤해서 그런 거예요."

-아니다.

"네?"

-알 수 없는 생체 반응이 나왔다.

슬옹이는 할 수 없이 쿠론에 관해 설명했다. 아빠는 가만히 그것을 듣고 있었다. 하지만 스마트폰 화면 속 아빠의 뇌 그래프는 정신없이 요동치고 있었다.

슬옹이는 아빠에게 있었던 일을 전부 말했다.

판달마루가 몸을 검사하고, 전염병에 걸렸다고 말한 것과 그의 소중한 쿠론을 몸에 넣어서 바이러스를 제거했다는 것도.

-너 머리가 어떻게 된 거 아니냐?

아빠의 첫 마디였다.

-야, 임슬옹. 너는 잘 모르는 사람한테 네 몸을 검사하도록 했어.

아빠 목소리가 낯설었다. 마치 타인에게 말하는 투다.

"사람이 아니고 외계인인데요."

-야!

아빠가 왜 화를 내는지 알 수 없었다.

-신체를 타인이 함부로 검사할 권리는 없어. 그건 네가 네 몸을 주체적으로 사용하지 않았다는 증거야. 신체를 검사한다는 것은 누군가에게 네 정보를 주는 일이야. 그건 네가 동의해야 해. 법적으로 '사전 동의'라는 게 있어. 의사가 진단이나 수술하기 전에 환자에게 충분한 정보를 제공하고 이를 이해하고 동의하는 것을 말한다. 이를 통해 우리는 검사 목적과 검사 절차, 부작용 및 위험성을 알고 판단해서 검사를 허락하는 거야. 그게 아니면 먼저 권리를 얻은 수 없다고. 동의서를 쓰지 않았다면 그건 불법이라고.

"무슨 동의서를 써요. 외계인한테?"

-불법을 저질렀어. 너는!

아빠는 슬옹이가 마린 포지에 걸렸다는 사실보다 그 외계인에게 몸을 검사받은 것에 더 흥분하고 있었다. 그게 슬옹이는 묘한 배신감이 들었다.

그렇다. 슬옹이는 그보다 더 깊은 배신감에 사로잡혀 있었

다. 아빠가 혼자 제주도에서 갖은 고생을 하며 살아왔다는 것,
그리고 마린 포지 바이러스에 걸렸다는 것. 세상에 둘밖에 없
는데 아빠가 더 이상 내 편이 아닌 것 같아 슬옹이는 혼자 버려
진 것 같았다.

"점점 인공지능 로봇으로 변하시네요."

-네가 쓰러진 것은 피곤해서가 아니라 그 쿠론이라는 것 때
문이다. 그것 때문에 너는 의식을 잃은 거야.

"그건 나를 치료해준 보호령이에요."

-유치한 소리 좀 그만해. 그게 너를 위험하게 하고 있다고!

"그걸 아빠가 어찌 알아요? 쿠론을 봤어요?"

-나는 인공지능이야. 세상 모든 것을 배워서 응용할 수 있
어. 네 몸에 알 수 없는 두 개의 생명이 감지되고 있어. 그게 쿠
론이겠지. 그 쿠론들이 네 심장 판막에서 동작을 멈췄고 네 심
장 정맥굴에서 피가 역류해서 머리로 혈액을 보내지 못해 네
가 쓰러진 거야.

슬옹이는 아빠 말을 가만히 듣고만 있었다.

정말일까.

쿠론이 몸 안에 있어서 몸이 망가진 걸까.

그간 혹독하게 피아노를 쳤지만 한 번도 기절한 적이 없었다.

아빠는 근래 들어 가장 차가운 목소리로 말했다.

-당장 그 외계인에게 가서 네 몸에 있는 쿠론을 빼가라고 해라. 그게 네 몸에 있으면 위험하다. 그건 인간의 몸에 들어있어서는 안 되는 물질 같다. 당장.


3

새벽.

슬옹이는 보온병에 뜨거운 물을 가득 담고 새우탕 컵라면과 반쯤 얼린 콜라를 배낭에 넣고 집을 나섰다.

새벽녘 길을 걷는 게 어느덧 익숙해졌다. 슬옹이는 해안도로에 앉아서 현무암이 퍼져있는 바닷가에 두 발을 늘어뜨리고 앉았다. 파도가 밀려왔다 돌아가길 반복했다.

한 시간이 흘렀지만 혼자였다.

보통 이렇게 기다리면 십 분, 길면 이십 분 안에 판달마루가 나타났지만, 오늘은 이상했다. 이어폰을 꺼내 귀에 꽂았다. 베토벤을 들으려고 액정을 휘휘 올리다가 알리스 사라 오트가 연주하는 쇼팽의 왈츠 7번에서 손을 멈췄다.

슬옹이는 가파도에 와서 그 좋아하던 베토벤을 멀리했다. 베토벤을 들으면 복잡했던 서울 생활과 엄마 아빠 생각이 났다. 그래서 가게 할머니 집에 적응하는 동안 쇼팽이나 리스트, 바흐를 주로 들었다.

이번에도 쇼팽을 선택했다.

재생 버튼을 누르려 할 때 위에서 소리가 났다.

"쇼팽이구나. 넌 쇼팽을 어려워했는데. 네 감각과 맞추기 힘들다면서 말이야."

슬옹이가 귀에서 이어폰을 빼고 올려다보았다.

"엄마?"

슬옹이가 멍하게 입을 벌리고 바라보았다. 엄마는 커다란 운동회 공 같은 왕돌님 위에 천사처럼 앉아서 내려다보고 있었다. 엄마는 갈색 겨울용 치마를 입고 스웨터를 걸치고 있었다.

"엄마? 엄마 맞아요?"

엄마는 웃었다.

벌떡 일어났다.

해안도로를 내려가 현무암에 올라섰다. 바위 몇 개를 내디디면 큰 왕돌님이다.

"아니, 아니. 이 돌을 건드리면 안 돼. 거기 서있으렴."

"엄마, 엄마."

"발 조심해."

높은 곳에서 엄마는 바람에 엉클어지는 긴 머리를 귀 뒤로 넘기며 슬옹이를 안타깝게 쳐다보았다.

"네가 이 돌을 건드리면 난 사라져."

슬옹이는 선 채 엄마를 보기만 했다.

"얼굴에 그늘이 가득 들어찼구나. 우리 호두가 멋진 예술가가 되는 과정이라고 생각해. 바람을 맞지 않는 나무는 없어, 호두야."

슬옹이는 눈물이 났다.

엄마는 돌 위에 앉아있고 자신은 서있다. 엄마와 자신 사이의 거리는 불과 이 미터 남짓인데 엄마에게 다가갈 수가 없었다.

"엄마, 잘 지내요?"

엄마는 고개를 끄덕였다.

"아빠는 인공지능이 되었어요."

엄마는 고개를 끄덕였다. "알아."

"엄마도 알아요?"

"매일 대화하는걸?"

슬옹이가 고개를 갸웃했다. "아빠랑?"

"후후, 응. 아빠의 지능이 우주의 이치를 터득하니 우리가 만날 수 있게 되더라. 깨달음이란 하나여서, 인공지능이 우주에 흐르는 기의 이동까지 알게 되니까 그렇게 되는 거야."

"무슨 말인지 이해가 잘 안 돼요."

"이해할 필요 없어."

"아빠는 인공지능으로 살고 싶대요. 몸을 버리고."

"나한테도 그랬어. 나를 만나서 좋다면서. 계속 이렇게 나를 만나고 싶다고."

"엄마, 나 외로워요."

엄마는 웃음을 거두었다. 슬옹이를 바라보는 표정에서 안타까움이 묻어났다.

"엄마가 이제 해줄 수 있는 건 없어. 알지?"

"엄마."

"삶의 인연은 언젠가 끊기는 거야. 그래서 또 영원한 거고."

"엄마."

"힘내라, 견뎌라, 그런 말은 하지 않을게. 외롭고 아프더라도 그것을 당당하게 받아들이렴. 그러면 말이야, 그것들이 거짓말처럼 사라진단다."

엄마.

엄마는 미소 지었지만 슬옹이는 눈물을 참을 수가 없었다.

엄마는 슬옹이가 우는 것을 안쓰럽게 여기지 않았다. 그저 슬옹이를 바라보며 연신 고개를 끄덕이기만 했다.

"엄마는 이제 네 옆에 없어. 마음에도 없고. 우주의 한 점이 되었으니까. 너도 네 삶을 살아. 너와 인연은 이제 끝났어."

엄마, 엄마.

그때였다.

저 멀리서 거대한 파도가 밀려왔다.

"올라가. 파도에 휩쓸리지 않게!"

슬옹이는 놀라 서둘러 해안도로로 올라섰다.

파도는 엄마가 앉아있는 왕돌님을 치고 더 밀려와 해안도로로 넘어왔다. 큰 왕돌님 머리에 앉은 엄마 주변으로 흰 물보라가 폭탄처럼 터졌다. 엄마는 터지는 물보라에 얼굴을 찡그리며 웃음 지었다. 몸이 젖은 것 같았지만 금세 괜찮아졌다.

"괜찮아. 이런 파도는 늘 있는 거니까. 호두야, 네 삶에도 이런 파도는 늘 밀려올 거야. 알지? 그리고 기억해. 반드시 밀려 나간다는 것도. 삶은 파도와 같아. 아픈 것도 언젠가는 밀려 나가."

"엄마, 나 외롭다고요."

그때였다.

엄마가 올라앉은 큰 왕돌님이 흔들리고 있었다. 엄마는 중심을 잡으려고 어깨를 이리저리 흔들었다. 아마도 방금 밀려와 때린 파도 때문에 왕돌님이 타격을 입은 것 같았다. 둥글고 운동회 공처럼 커다란 왕돌님의 표면에 균열이 생겼다. 엄마는 당황하는 눈빛으로 갈라지는 돌을 보고 있었다.

"엄마, 위험해요. 내려와요."

그 말이 끝나기 무섭게 와르르, 돌이 무너졌다. 동시에 밀려오는 파도.

왕돌의 중심이 터졌다. 돌멩이들이 사방으로 튀어 나갔다.

"으아악!"

슬옹이 이마에 돌멩이 두어 개가 박혔다.

눈을 떴다.

슬옹이가 벌떡 일어났다.

온몸에 땀이었다. 슬옹이 얼굴에는 콧물과 눈물이 줄줄 흐르고 있었다.

침대 옆에 놓아둔 스마트폰에서 알리스 사라 오트가 연주하는 쇼팽의 왈츠 16번이 흐르고 있었다.

'엄마를 만났어.'

슬옹이는 꿈이 이렇게 생생할 수 없다고 생각했다.

왕돌이 폭탄처럼 터지면서 파편들이 사방으로 날리던 장면이 떠오르자 어깨가 움츠려졌다. 볼과 이마, 눈에 박히는 돌 파편들이 섬뜩했다.

문득 이마가 간지러웠다.

이마를 긁다가 손에 뭔가가 잡혔다. 손에 잡힌 그것을 본 슬옹이는 벌떡 일어났다.

쿠론이었다.

쿠론 한 마리가 몸에서 나왔다!

투명한 새우 같기도 하고 지네 같기도 한 그것은 미끈한 점액질을 번들거리며 슬옹이 손 위에서 이리저리 기어 다녔다.

"어? 한 마리만 나왔나?"

슬옹이는 두리번거렸다.

어? 어?

팬티 속이 간지러웠다.

슬옹이는 무릎을 세우고 벌떡 일어났다.

허벅지에서 사타구니를 타고 항문 쪽으로 무언가가 기어가고 있었다. 바지를 벗고 팬티를 내렸다. 간신히 사타구니 안쪽에서 한 마리를 더 잡았다. 슬옹이는 그것들을 씻어놓은 잼 유리통 안에 넣었다. 지네들은 표면을 오르다가 떨어지고, 유리병 바닥을 이리저리 움직였다.

다행이었다.

이제 서울로 가면 된다!


4

후루룩, 쩝쩝.

슬옹이는 새우탕을 정신없이 먹는 판달마루를 물끄러미 바라보았다.

엄마 꿈을 꾼 다음날 새벽, 슬옹이는 곧장 이곳 큰 왕돌님이 있는 해안도로로 나왔다. 그를 보기로 약속했기 때문이다. 사실 서울로 가기 전, 마지막으로 그를 봐야 할 것 같았다.

얼마쯤 기다리니 저 멀리 도로를 따라 다가오는 그의 모습이 보였다.

그는 앉자마자 새우탕을 먹었다.

외계인이 지구 소년과 만나는 영화를 보면 외계인이 집착하는 지구 물건이 꼭 있다. 〈ET〉에서는 제라늄이었고, 〈맨 인 블랙〉에서 외계인들은 쓰레기나 스파게티에 집착했다.

판달마루는 새우탕이었다.

후루룩, 후루룩.

옆에 놓아둔 가방 속, 잼 유리병 안에는 쿠론 두 마리가 기어 다니고 있었다.

"순식간에 세 개를 조져버리네. 우리 집에 한 번 놀러 와. 더 많이 줄게."

"스롱 집에?"

"새우탕 한 박스가 있어."

"음."

그 말에 판달마루는 심각한 표정을 지었다. 사람들이 모여 사는 곳으로 가는 것이 꽤 난처한 표정이다.

"새벽에 와. 그땐 다들 자. 내가 문을 열어줄게."

"새우탕이 많다는 말이지?"

"내가 전부 끓여줄게. 실컷 먹을 수 있게."

쿠론을 돌려주면서 슬옹이는 판달마루에게 고마움을 표시하고 싶었다. 그게 그가 좋아하는 새우탕이라면 얼마든지.

"너, 약속을 어기면 절대로 안 된다."

그 말에 웃던 슬옹이가 멈칫했다.

무슨 말투가 이래? 싸하네.

판달마루의 말에 노기가 섞여있었다.

"저번에 돌고래를 건져 올리면 말해주겠다고 약속하지 않았어?"

"아."

그간 두 번 강웅이는 죽은 돌고래와 헐떡이는 돌고래를 건져 왔었다. 그러나 슬옹이는 학교 방송으로 판달마루에게 알리지 못했다.

"두 번 있었는데, 알리지 못했어."

"약속을 지켜."

"미안."

그것은 슬옹이를 못 믿는 게 아니라 원래 그 자신이 약속이라는 것을 철저하게 지키는 존재여서 그것을 철칙처럼 지켜야한다는 뜻으로 들렸다. 하지만 갑자기 정색하는 판달마루 얼굴을 보면서 슬옹이는 적잖이 당황했다.

"그런데, 야. 말투가 왜 그래? 약속을 어기면 어떻게 되는데?"

"복수한다. 판-타노 행성인은."

"보, 복수?"

"우주에서 무(無)로 만든다."

"주, 죽인다는 뜻이야?"

"약속은 어기면 무로 만든다. 반드시."

판달마루의 이마에 박힌 점이 푸르게 울렁거렸다. 왜인지는 모르겠지만 판달마루는 점점 흥분하고 있었다. 그게 새우탕 때문인 것 같진 않다.

"참 내. 아, 알았어. 와. 우리 집에 있는 새우탕 전부 끓여줄게 와라. 진짜로."

판달마루가 슬옹을 노려보았다.

"야, 내가 너한테 거짓말할 게 뭐가 있어. 너나 들키지 말고

와. 가게 마당에 개가 있으니까 조심하고."

"……아쉽지만 갈 수 없겠다, 스롱."

판달마루가 말했다.

"어? 왜? 새우탕을 준다니까."

"……지구는 곧 멸망하거든."

슬옹은 고개를 돌려 판달마루를 쳐다보았다.

"우리는 지구인을 죽이러 왔어. 지구를 접수하려고."

풋.

슬옹이는 저도 모르게 웃고 말았다.

이 무슨 애니메이션 같은 소린가.

"야, 너 지구에 좀 오래 있더니 유머도 늘었다. 네가 지구를 차지하러 온 우주의 악의 무리? 하하하, 들어올 테면 들어와 봐. 여기도 만만치 않아. 지구에는 나라마다 지구를 지키는 정의의 사도가 많다고. 들어는 봤나? 아이언맨과 어벤져스? 아참, 타노스는 알아? 걔도 지구를 공격한 적이 있었는데 당했어. 걔가 니들보다 더 세."

판달마루가 다짜고짜 슬옹이 손을 덥석 잡았다.

"내 손을 놓지 말고 저길 봐."

판달마루가 가리키는 방향에는 푸르디푸른 하늘에 흰 적란운이 피어오르고 있었다.

"봐! 저기!"

고개를 든 순간 슬옹은 자신의 눈을 믿을 수 없었다.

바다 상공에 어마어마하게 큰 원반 하나가 떠있었다.

얼마나 큰지 하늘을 전부 가린 듯 보일 정도였다. 지나가는 갈매기들이 모기처럼 보였다.

뒤돌았다.

한라산과 산방산이 우뚝 솟은 제주 섬 상공에는 그런 게 없다. 다시 돌자 가파도 남쪽, 먼바다에 거대한 원반이 떠있다. 마치 SF영화에서나 봄직한, 곡선이 유려한 은빛이 민 해무에 싸여있다. 희미해서 더 사실적으로 보였다. 원반의 그림자가 바다에 넓게 드리웠다.

"저, 저, 저게 뭐야?"

"절대로 안 보여. 인간들 눈에는."

"뭐냐고. 저게!"

"판-타노 사령선."

슬옹이가 손을 놓았다. 그러자 원반이 보이지 않았다.

판달마루가 다시 슬옹이 손목을 잡았다.

놀라웠다. 판달마루의 손을 잡으면 보이고, 놓으면 원반은 사라졌다.

판달마루는 저 원반이 이 년 전부터 저 자리에 떠있었다고 말했다.

"사령관은 곧 임무를 수행할 거야."

"사령관? 임무?"

"내가 환경 보고서를 사령선에 전달하면 작전이 시작된다."

판달마루는 판-타노 행성의 환경 연구원이라고 자신을 소개했다. 자신은 저 원반을 타고 지구에 왔으며 성층권 너머에는 저런 원반 이만 개가 공격할 준비를 한 채 대기하고 있다고 말했다.

"저 커다란 원반은 사령선이다. 지구 상공에 유일하게 혼자 떠있다. 환경 보고서가 접수되면 첫 공격 지점은 바로 제주도와 한반도 남쪽이다."

"환경 보고서라니?"

"지구 돌고래 개체 수."

"무슨 말인지 알아듣게 설명해!"

"돌고래가 일정한 비율로 사라진 것을 확인하는 보고서."

"그게 지구 공격과 무슨 관계인데?"

"……."

"아, 그러니까 갑자기 돌고래가 왜 나오냐고! 그게 니들 공격이랑 무슨 상관인데?"

판달마루는 천천히 설명했다.

지구는 우주가 만들어질 때 꽤 앞 단에서 생성된 행성이라고 했다. 은하에 수천억 개의 항성계가 있다. 태양은 지구가 속한 항성계. 태양을 중심으로 반지름 십 광년의 반경에 있는 항성계는 태양을 포함해 고작 여덟 개뿐이었다. 알파 센타우리, 시리우스, 배너드, 루이텐, 로스, 킬링드, 울프. 진부 시구인들이 관측하고 확보한 항성계이다. 태양을 포함한 이 일곱 개의 항성 중 루이텐 항성 너머 지구인들이 발견하지 못한 항성계가 하나 더 있었다.

바로 판-타노 항성.

판-타노 항성에는 다섯 개의 행성이 있었다.

전부 생명체가 존재했고 그중 판-타노 행성을 제외한 네 개는 미물들이 존재하는 원시행성이었다. 판-타노 행성은 지구보다 더 먼저 만들어진 암석형 행성이었다. 지구인의 문명도 놀랍지만 판-타노 행성의 문명은 지구보다 몇 만 배는 앞서 있었다.

"판-타노 행성은 자원이 고갈되자 판-타노 인을 이주시킬 계획을 세웠다. 그리고 선택된 행성이 바로 지구다."

판달마루는 말을 이었다.

"우리는 이십사억 년 전부터 지구를 대안 행성으로 삼고 조사를 시작했다. 그런데 지구는 우리 판-타노 인이 살기에 적합하지 않았다. 이유는 돌고래 때문이다."

판달마루는 바다에서 돌고래가 하늘로 뿜어내는 파장이 판-타노 인에게 치명적이라고 했다.

이 만화 대본 같은 이야기를 무시하고 싶었지만 슬옹이는 자신의 눈에 뚜렷하게 보이는 상공의 우주선을 두고 그런 생각을 차마 할 수 없었다.

판달마루와 슬옹이가 얼마쯤 말없이 서로를 바라보았다.

먼저 입을 연 건 슬옹이였다.

"……그러니까 너희가 일찌감치 지구를 공격할 수 있었는데, 돌고래 때문에 공격하지 못하고 있었다는 거야?"

"믿기 어렵겠지만 사실이다."

"그걸 나보고 믿으라고 하는 소리야? 행성 이주가 어떻고 지구 정복이 어떻다고? 판달마루, 아무래도 네 쿠론이 네 몸에서 너무 오래 떨어져 있어서 컨디션이 안 좋은 모양이네."

"내가 모선에 올라가면 바로 작전은 시작된다. 너희는 전부 죽는다. 절멸."

갑자기 판달마루의 이마에서 피가 흘렀다.

"앗, 너 피나!"

피부는 초록색이었지만 피는 붉은색이었다.

슬옹이가 다가가려 하자 판달마루가 팔을 벌려 제지했다. 그게 중요한 게 아니라는 표정이었다.

"나는 이 년 동안 가파도에 머물며 한반도 남쪽, 태평양의 돌고래들을 관찰해왔다. 지구인들이 남방 돌고래라고 부르는 생명체. 그것들의 개체 수는 해마다 급격하게 줄어든다. 지구를 방어하는 존재가 사라지고 있다는 거다. 돌고래라는 생명체가 존재하는 이유는 오직 지구를 보호하는 파장을 우주를 향해 내뿜기 위해서란 걸 너흰 알아야 한다."

"너 피가 줄줄 흘러!"

"너희는 돌고래를 소중하게 여겨야 한다고! 알아?"

판달마루의 눈이 튀어나올 듯 커지면서 슬옹이를 노려보았다.

"모, 몰라. 그런 건 생각해본 적이 없어."

"그들은 자신의 몸에서 나오는 전자파를 매일 우주를 향해 쏘지. 그 파장 때문에 외계의 다른 생명체가 지구에 접근하지 못하는 거야. 지구를 지키는 유일한 동물이 바로 돌고래라고. 그런 돌고래가 지금 바이러스를 내뿜으며 죽어가고 있다."

마린 포지?

"지금 지구를 뒤덮는 그 형편없는 바이러스는 돌고래들이 만든 거야. 죽어가는 사체에서 생겨난 거라고. 너희는 그걸 몰라. 전혀 관심이 없으니까. 지구를 지키던 것들이 지구를 죽이고 있어."

저 말을 믿어야 할지.

"너희는 지금 굉장한 실수를 저지르고 있는 거야. 돌고래가 사라지게 해서는 안 되었다. 돌고래가 사라지면 지구인들은 점령당해. 판-타노 인들의 공격은 너희들이 감당할 수 없어. 돌고래들이 만든 바이러스 때문에 너흰 얼마 안 가 절멸하겠지만 판-타노 인들은 그때까지 기다리지 않아. 단번에 지구를 절멸시킬 거야. 왜냐, 돌고래들 숫자가 기준선 이하로 내려갔으니까."

슬옹이는 가방을 뒤졌다.

"보자, 물휴지가 있었는데."

"야! 지금 물휴지를 찾을 때가 아니라고!"

"있어봐. 네 이마에 피가 흐르고 있잖아. 그것부터 닦아줄게."

가방을 뒤지다가 안에 있던 유리병이 또르르, 시멘트 길에 굴렀다.

'앗!'

슬옹이는 몸을 날려 굴러가는 유리병을 가슴으로 가렸다.

다행히 판달마루는 보지 못한 것 같았다. 판달마루는 씩씩대며 먼바다를 응시하고 있었다.

"나는 사령관의 명령을 따라 가파도에 내려왔지만, 판-타노인이 지구를 점령하게 둘 수는 없다고 생각해서 복귀하지 않고 있어. 나는 잔인한 판-타노가 아니야. 그러나 너희 지구인들이 하는 행동을 보면 한숨이 절로 나와. 어떻게 이 아름다운 행성을 이렇게 만들 수가 있어? 미개한 종족들 같으니라고."

"일루 와봐, 이마 좀 닦자."

슬옹이가 물휴지로 그의 이마에 흐르는 피를 닦아내려 했다.

"쓸데없는 짓 하지 마. 내 피부는 녹아내리고 있는 거야!"

"그게 무슨 소리야?"

판달마루는 씩씩댔다.

"서, 설마 쿠론이 없어서?"

대답하지 않는 것은 그렇다는 뜻.

"판……달마루."

판달마루는 슬프다고 했다.

사령관은 서둘러 모선으로 복귀하라고 명령했다고 한다. 판달마루는 무슨 일이 있더라도 이번 주에 모선에 올라가서 보고해야 한다고 말했다.

"네 몸에 넣어준 쿠론이 없으면 나는 이 상태로 돌아갈 수밖에 없어. 하지만 나는 상관치 않아. 나는 지구가 좋으니까 지구인을 위해 한 행동을 후회하지 않아."

슬옹이는 듣고만 있었다.

"슬옹이 너도 좋고. 무엇보다."

판달마루는 새우탕 컵라면을 응시했다.

저 음식이 가장 좋은 것 같았다.

판달마루가 말했다.

"돌고래가 뿜어내는 파장은 쿠론의 생체를 고통스럽게 해. 그래서 돌고래 전자파는 우리들에겐 치명적이지. 쿠론이 죽으면 우리도 죽으니까."

돌고래의 파장이 쿠론을 손상시킨다?

"공격은 언제 하는데?"

"오늘로부터 정확히 열흘 뒤. 내가 모선에 올라가 보고하면 즉시."

판달마루가 돌고래 개체 수를 보고하면 저 상공에 떠있는 원반은 성층권 밖의 대규모 편대에게 신호를 줄 것이고 지구는 몇 시간 만에 사막이 된다고 말했다.

큰 왕돌님 주변으로 파도가 철썩였다

판달마루는 안타까운 표정을 지었다.

"너희를 어떡하면 좋겠니. 단단하고 깊은 욕심 덩어리들을. 너희 지구인들은 내일 지구가 멸망해도 사과나무를 심겠다고 하더군. 웃기는 소리야. 지구를 더럽힌 주제에 그런 말장난이라니."

그는 정말로 슬퍼 보였다.

# 선착장에서

1

베토벤 피아노 소나타가 방 가득 울려 퍼지고 있다.

슬옹이는 에밀 길렐스가 연주하는 베토벤 피아노 소나타 전
곡을 틀어놓았다. 슬옹이가 지내는 복층의 원룸 밖으로 피아
노 소리가 새어 나가도록 볼륨을 높여두었는데, 그것은 밖에
서 짐을 싸는 소리를 모르게 하기 위해서였다.

한창 짐을 싸고 있는데 책상 위에 올려놓은 스마트폰이 부르
르 떨었다.

－뭐 하나?

"나가려고요."

－나가? 섬에서 나간다는 말이냐? 어딜 가는데?

"서울요."

－성은이한테 가는 거야?

"고모한테 가는 거 아니에요."

－그럼?

"공항으로 갈 거예요."

-공항? 인천공항? 루간스키가 불렀어? 러시아로 들어오래?
러시아로 가기 위해서는 비행기보다는 대륙 초고속 열차가 더
나을 수 있다. 비행기는 북극을 지나야 하는데 자기장이 인체
에 미치는 영향이 크거든. 대륙 초고속 열차는 비행기와 비교
하면 불과 삼십오 분밖에 차이가 나지 않고…….

"바쁘니까 나중에 이야기해요."

더는 아빠, 아니 저 삭막한 인공지능과 대화하기 싫었다.

슬옹이는 책상에 놓아둔 봉투를 집어 들어 내용물을 확인했
다. 동구 아저씨가 준 봉투와 일주일 전에 받은, 인천공항에서
싱가포르 창이 공항으로 가는 비행기 표였다.

일주일 전, 슬옹이는 HOFU의 담당자에게 쿠론에 관해 설
명했었다. HOFU 담당자는 처음에 슬옹이의 말을 믿지 않았
다. 그는 슬옹이가 또 생떼를 쓴다고 생각했다. 슬옹이에게 백
신을 만들 수 있는 물질이 있다고 하자, 슬옹이를 유언비어 유
포죄로 신고하겠다고 정중하게 경고했다. 설득하는 게 쉽지
않았지만, 슬옹이는 포기하지 않았다.

그는 그렇다면 샘플을 보내달라고 했다.

슬옹이는 가파도에 입도할 때 했던 혈액검사 샘플과 막 뽑은

자신의 혈액 샘플, 두 개를 HOFU에 보냈다.

일주일 후, HOFU 코리아 생체역학팀 팀장에게서 전화가
왔다. 그는 놀라워했다. 두 혈액 샘플을 분석한 그들은 바이러
스에 감염되었다가 사라진 것을 확인했다고 했다. 지금 슬옹
이 몸은 바이러스에 걸리지 않은 것과 같은 상태였다. 그들은
미량의 샘플이 아닌 더 정확한 분석을 위해 충분한 양의 혈액
을 원했다.

슬옹이는 냉동 보관된 아빠 신체를 돌려주면 자신의 혈액 샘
플을 제공하겠다고 말했다. 전 세계에 마린 포지 바이러스 항
체를 구하는 HOFU로서는 충분히 관심 가질 사안이었다.

"어려울 게 없습니다. 임종한 님의 신체를 돌려줄 수 있고,
오히려 인류 공헌금까지 지급될 수 있습니다. 임슬옹 님의 혈
액을 분석해서 백신을 만들 수 있다면."

그들은 HOFU RNA(mRNA) 치료연구소가 있는 싱가포르로
와서 검사받는 것을 제안했다. 서류에 기재된 아빠의 신체는
미국 매사추세츠에 있었다.

"제가 직접 아빠가 있는 미국으로 가겠어요."

"고객님 혈액이 정말로 인류의 적인 마린 포지 바이러스에

영향을 미치는 것으로 확인되면 치료제로 개발할 곳은 싱가포르 생명연구소밖에 없습니다."

"그러니까 제가 싱가포르로 가야 한단 말이죠?"

"항공권을 보내드리겠습니다."

HOFU 코리아는 슬옹이에게 비행기 표를 보내왔다. 다국적 기업인 HOFU 코리아는 슬옹이를 인솔할 동행자를 공항에 대기시키겠다고 말했다.

방안에 흐르던 베토벤 피아노 소나타는 어느덧 12번 내림 가장조로 접어들었다.

시계를 보았다. 오후 네 시 이십 분.

가파도에서 제주도 본섬 서귀포로 나가는 마지막 배는 오후 다섯 시에 있다. 동구 아저씨는 방송에서 세 차례 자체적으로 배를 운용하고 있다고 했다. 그 배를 타야만 했다.

손이 바빠졌다.

여행용 캐리어에 옷을 넣고 여권을 챙기고 마실 물도 챙겼다. 제일 중요한 쿠론을 유리병에서 꺼내 특수 캡슐에 넣었다. 스마트폰을 스피커 독에서 뽑아내자 스피커에서 뿜어 나오던 베토벤 피아노 소나타가 멈췄다.

그때였다.

쿵, 쿵, 쿵.

누군가가 문을 두들겼다.

슬옹은 조심조심 다가가 문에 부착된 외시경으로 밖을 내다
보았다.

맙소사. 판달마루가 서있었다.

오목렌즈 속 판달마루의 왜곡된 얼굴의 이마에 푸른빛이 퍼
지고 있다.

밖에서 그가 말했다.

"새우탕을 박스째 먹으러 왔다. 문 열어. 안에 있지?"

쿵, 쿵, 쿵, 쿵.

그가 일정한 박자에 맞춰 문을 두드렸다.

"생각해보니, 떠나기 전에 새우탕을 전부 먹고 가기로 했다.
슬옹, 안에 있지?"

어쩌지? 하필이면 이때.

슬옹이가 입술을 깨물었다.

## 2

문을 열자 그가 지는 해를 등지고 서있었다.

"어, 어서 와."

그가 현관에 서서 말했다.

"새우탕들을 줘."

"그래, 줄게. 약속했잖아. 들어와. 거기 서서 먹을 거야?"

판달마루는 천천히 방 안으로 들어왔다.

어질러진 방을 두리번거렸지만 별생각이 없는 것 같았다. 그는 슬옹이 침대가 있는 위층으로 올라가는 계단을 물끄러미 보았다. 그곳에는 여행용 가방이 있다. 가방 안에는 쿠론들을 넣어둔 특수 캡슐이 있다.

자신의 쿠론들을 느끼지 못하는 것을 보니 감각이 떨어져 있는 게 틀림없었다.

"위층은 내가 자는 곳이야. 앉아. 저 박스에 남아있는 새우탕을 전부 끓여줄게."

새우탕 박스는 싱크대 옆에 쌓여있었다. 총 여덟 개의 새우탕면이 남아있었다. 슬옹이는 우선 다섯 개를 안고 왔다.

"이 정도면 한 주전자 물을 다 넣을 수 있겠지?"

슬옹이는 전기 포트에 물을 끓였다.

연기가 풀풀 나는 뜨거운 물은 새우탕 네 개를 가득 채우고 다섯 개째는 반만 채워졌다.

"짐을 싸고 있었구나. 어디 가려고 했니, 슬옹?"

"아, 서울에 있는 고모에게 봄옷을 보내려고. 자, 어서 먹어."

후루룩, 후루룩.

판달마루는 물이 적은 다섯 번째 새우탕부터 흡입하듯 먹기 시작했다. 늘 그렇듯 젓가락도 없이 입으로 꿀꺽, 꿀꺽 들이마시듯 먹었다.

판달마루가 새우탕 세 개째를 먹고 있을 때, 지켜보던 슬옹이가 천천히 일어섰다. 슬옹이는 나무 계단을 타고 위층으로 올라갔다.

세워두었던 여행용 가방을 열어 쿠론이 든 특수 캡슐과 여권을 꺼내 점퍼 안에 감췄다. 슬쩍 고개를 내밀어 아래를 보았다. 양반다리를 하고 방바닥에 앉아 후루룩거리는 판달마루의 등이 보였다.

벌써 네 개째다.

'씨, 여덟 개 전부 끓여줄걸.'

아니다.

지금이 그때라고 생각했다.

슬옹이는 침대 옆에 놓아둔 스피커에 자신의 스마트폰을 꽂았다.

아래층까지 들리도록 볼륨을 높인 후, 베토벤 피아노 소나타 8번을 틀었다.

꽈광-

1악장의 강렬한 선율이 퍼졌다.

강철 타건으로 유명한 에밀 길렐스의 강하고 선명한 연주.

〈비창〉 소나타는 슬픈 곡이 아니다. 비감하고 장렬한 곡이다.

루간스키 교수는 이 소나타를 이렇게 표현했다.

'자신의 심장을 꺼내려고 찾아온 원수에게 맞서기 위해 말없이 다가가는 농부의 눈'이라고.

슬옹이가 이 곡, 베토벤 피아노 소나타 8번, 〈비창〉을 튼 이유는 하나였다. 판달마루를 고통스럽게 하기 위해서.

큰 왕돌님 앞에서 처음 만났을 때, 슬옹이의 무선 이어폰을 빼앗아 제 귀에 꽂는 순간 그는 경련을 일으키며 거품을 물고 쓰러졌다.

그때 이어폰에서 흐르던 음악은 베토벤 피아노 소나타였다.

슬옹이는 그 후 몇 번이나 테스트했다. 이 외계인은 신기하게

도 베토벤 피아노 소나타만 들으면 경련을 일으키며 괴로워했

다. 쇼팽이나 리스트, 라흐마니노프는 멀쩡한데.

볼륨을 최고로 높였다.

베토벤 피아노 소나타가 복층 팬션 내부에 쾅쾅, 울려 퍼졌다.

얼마간 기다렸다.

아래는 조용했다.

보지 않았지만 아마도 그는 새우탕을 뒤집어쓴 채 모로 누워

바르르 경련을 일으키고 있을 것이다.

'판단마루, 기를 8 서헤.'

고개를 내밀고 아래를 보았다.

"헛!"

슬옹이는 놀라고 말았다.

판달마루가 앉은 채 올려다보고 있다. 그가 들고 있는 사발

면 용기에는 국물이 아직 남아있었다. 판달마루는 무서운 눈

으로 슬옹이를 노려보았다.

슬옹이는 얼른 내민 고개를 집어넣었다.

'헉, 뭐야. 베토벤 소나타가 먹히지 않잖아.'

이상했다.

하지만 그 이유를 생각할 시간이 없었다.

삐걱.

아래에서 나무 계단을 밟는 소리. 맙소사, 그가 올라오고 있었다.

스마트폰을 뽑아 들고 곧장 침대 머리맡에 난 창을 열었다. 기와지붕을 흉내 낸 중간층 지붕이 슬옹이가 묵는 숙소 건물에 박혀있었다. 그 지붕 아래에 슬옹이 방으로 들어오는 문이 있고, 등도 달려있다.

슬옹이는 지붕을 밟고 섰다.

다다다다,

판달마루가 나무 계단을 타고 빠르게 올라오는 소리가 들렸다.

뒤를 한번 돌아본 슬옹이는 1.8미터 정도 되는 높이를 뛰어내렸다.

쿵.

왼쪽 발목을 접질렸지만, 고통을 느낄 새가 없었다. 깨금발을 짚으며 일어섰다. 올려다보니 판달마루가 창으로 얼굴을 내밀고 있었다. 붉은 노을빛에 서린 그의 이마는 몹시 일그러 져 있었다.

"우어어어어어 너, 그것을 가지고 있구나!"

슬옹이는 쩔뚝거리며 직사각형 마당 끝 할머니의 가게 문으로 달렸다.

뒤에서 소리가 들렸다.

"쿠론을 내놔!"

돌아보니 창에서 머리를 내밀고 있는 그의 두 눈이 악마처럼 튀어나와 있었다.

"쿠론을 내놓으라고, 이 나쁜, 개 같은 지구인!"

슬옹이로 인해 인간 문명의 언어를 깨우친 저 초록색 외계인 은 자신이 아는 가장 독한 욕을 내뱉었다.

가게 안으로 들어오자 곧장 여닫이문으로 갔다.

덜거덕, 덜거덕,

걸쇠를 흔들었지만 열리지 않았다. 가게 할머니와 강웅이와 동구 아저씨는 바다에 나가 돌아오지 않고 있었다. 가게에서 밖으로 나가는 문은 밖에서 잠겨있었다.

몸을 돌리자,

마당에서 판달마루가 가게로 막 들어서고 있었다.

판달마루는 시뻘게진 눈동자로 긴 목을 늘이며 가게 안으로 들어왔다. 그의 허리와 팔과 다리가 더 길어진 듯했다. 어찌나 키가 큰지 천장에 등이 닿는 것 같았다.

"내 쿠론을 내놔."

슬옹이는 쿠론이 든 특수 캡슐을 뒤로 감췄다.

그가 과자와 껌 따위를 진열한 진열대를 넘어 달려들었다. 슬옹이는 반대쪽 구석으로 돌았다.

쿵,

화장지와 참기름병, 간장병 등을 채워 넣은 벽걸이 선반이 떨어졌다. 병들이 깨지며 바닥에 알 수 없는 액체들이 흘러 퍼졌다. 보이는 것들을 마구 던졌다. 새우깡, 껌, 3분 카레, 맛동산, 부탄가스. 남의 가게를 망치는 짓은 범죄였지만 그런 것을 생각할 겨를이 없었다. 판달마루의 기세를 보니 잡히면 자신을 죽일 것 같았다.

약속을 지키지 않으면 죽는다.

판달마루의 눈은 그렇게 말하고 있었다.

"이아아압!"

슬옹이는 가게 할머니가 '박스떼기'라고 부르는, 빈 소주병들이 빼곡하게 꽂힌 플라스틱 상자를 간신히 들어서 던졌다.

판달마루가 옆얼굴을 맞고 넘어졌다.

슬옹이는 다시 마당으로 통하는 문으로 달렸다. 주저앉은 판달마루가 손을 뻗었다. 마당으로 통하는 문으로 나가려던 슬옹이의 발목이 초록색 손에 잡혔다.

헙-

슬옹이는 엎드린 채 판달마루 쪽으로 끌려갔다. 철제선반 다리를 잡다가 선반이 쓰러졌다. 그의 손은 나뭇가지처럼 길고 앙상해지만 힘은 대단했다. 슬옹이는 판달마루 쪽으로 매없이 끌려갔다.

돌아보니 그가 형광색 혀를 내밀고 있었다. 가게 구석에는 엉킨 밧줄과 흰 양동이가 있었다.

동구 아저씨가 바다에서 건져온 해양쓰레기였다.

아치형 손잡이가 달린 플라스틱 양동이, 안에는 굳은 시멘트가 가득 담겨있었다. 오래전 어느 어선의 닻으로 쓰이던 것이었다. 슬옹이는 끌려가는 가운데 그것을 잡았다. 판달마루

바로 앞까지 끌려간 슬옹이는 그것을 들어 그의 머리에 내리쳤다.

빠각.

무언가가 빠개지는 기분 나쁜 소리가 울렸다. 슬옹이가 저번에 닦아준 그의 이마에서 다시 피가 났다.


3

'강웅만세호'는 서귀포 운진항에서 가파도로 들어가기 위해 기다리는 주민들을 태우기 위해 준비 중이었다. 정오쯤 바다에 나갔던 배가 막 돌아온 모양이었다.

포구에 이미 내린 강웅이와 할머니는 주섬주섬 뭔가를 챙기고 있었고 동구 아저씨는 배 위에서 줄을 말고 있었다.

강웅이는 또 시무룩하게 서있었다.

강웅이와 할머니가 맞들고 있는 아이스팩 가방에 물이 출렁거리고 있었다. 그 안에는 작은 돌고래 새끼가 들어있었다. 돌고래 새끼는 눈처럼 하얀 배를 내보이며 누워있었다. 아마도 곧 죽을 모양이었다. 강웅이는 물론 할머니 표정도 좋지 않았다.

강웅이와 할머니를 내린 동구 아저씨는 '강웅만세호'를 다시 출발시켜야 했다. 이번 주부터 가파도에는 관광객들이 들어오지 않기에, 섬 주민들만 태울 쾌속선이 하루 세 번 움직인다. 오늘 주민을 태우러 갈 교통선은 동구 아저씨의 '강웅만세호'였다.

슬옹이가 다급하게 배에 올랐다.

동구 아저씨가 밧줄을 말며 물었다.

"어라, 너 이 시간에 어딜 가냐?"

"출발요. 어서! 교, 헉헉, 장 선생, 헉헉, 어서요! 헉헉."

슬옹이는 기둥을 잡은 채 허리를 숙이고 숨을 가쁘게 몰아쉬었다. 동구 아저씨는 밧줄을 감으며 멀뚱하게 슬옹이를 보기만 했다.

"빨리요!"

"상몽이 아빠가 온다고 했어. 와야 출발하지."

"아, 빨리 가자고요!"

포구에서는 멀리 할머니 가게가 보인다. 거기서 판달마루가 막 모습을 드러냈다.

그는 긴 팔을 직각으로 꺾으며 거미처럼 기어 나왔다. 포구

끝, 선착장에서 할머니 가게까지 거리는 약 백오십 미터. 그가
선착장까지 길게 이어진 포구의 시멘트 길을 전속력으로 달려
오면 슬옹이는 바로 잡히게 되어있다.

아무것도 모르는 강웅이와 할머니는 돌고래가 든 아이스 가
방을 맞들고 포구에 길게 뻗은 시멘트 길을 따라 가게 쪽으로
걸어갔다. 동구 아저씨는 주워 온 쓰레기들을 선착장에 내리
고 있었다.

"강웅아! 멈춰! 할머니, 그쪽으로 가지 마요!"

슬옹이가 소리쳤다.

"몰라! 돌고래가 또 죽었다고!"

걷던 강웅이는 뒤돌아서 그 말만 하고 등을 돌려버렸다.

저 멀리, 가게 앞을 보자 판달마루가 우뚝 서있었다.

판달마루는 검은 돌담에 몸을 숨기고 이쪽을 노려보았다. 그
쪽을 향해 걸어가는 할머니와 강웅이는 서로 이야기를 하는
중이어서 판달마루를 보지 못하고 있었다.

슬옹이를 노려보던 판달마루는 강웅이와 할머니가 점점 다
가오자 포기한 듯 몸을 날려 돌담 뒤로 숨었다.

슬옹이를 태운 배가 출발했다.

쾌속선은 남빛 바다에 흰 물결을 퍼뜨리며 빠르게 움직였다. 심장이 여전히 뛰고 있었다. 판달마루에게 쫓겨 도망친 일도 충격적이었지만, 무엇보다 자신이 저지른 행동과 생각에 몸서리쳐졌다.

나는 누구인가.

내가 지금 무슨 짓을 한 것인가.

여러 생각이 맴돌았다.

낯설었다, 자신이.

이 쿠론을 가지고 비행기를 타면 판달마루는 죽을 게 분명했다.

_그의 피부에서 흘러내리는 피가 눈에 선했다. 죄책감과 이렇게 이런 짓을 벌였지, 싶은 자괴감이 밀려들었다. 슬옹이는 돌고래를 죽이는 지구인은 아니었지만 판달마루를 죽이는 지구인이 될 참이었다. 슬옹이는 세찬 바람에 머리를 헝클이며 가파도를 보고 있었다. 쿠론이 든 특수 캡슐과 여권, 그리고 스마트폰을 꼭 쥐고선. 십 분 뒤, 배는 제주 서귀포 운진항에 도착했다. 동구 아저씨가 다가와 물었다.

"서울 가? 내일 오는 거야? 서울 가면 잠은 어디서 자는데?"

슬옹이는 내리지 않고 멍하게 바다만 보고 있었다.

선착장에는 가파도로 들어가는 섬 주민들이 기다리고 있었다.

아저씨 두 명은 새로 짠 간판을 나란히 들었고, 아주머니 한 명은 양손에 젓갈과 배추 등을 묶은 짐을 들고 있었다.

그들이 배에 올랐다.

동구 아저씨가 슬옹이를 쳐다보았다.

"뭐해? 내리지 않고선."

"돌아갈게요."

"뭐?"

"저, 가파도로 다시 가겠다고요."

슬옹이는 바다를 멍하니 보며 말했다.

속죄

# 1

슬옹이는 캡슐을 내밀었다.

파도는 큰 왕돌님의 아래 부분을 모질게 때리러 왔다가 물러나길 반복하고 있었다. 판달마루는 받지 않고 슬옹이를 노려보기만 했다. 슬옹이는 그가 받을 때까지 손을 계속 내밀고 있었다.

"네 쿠론들은 이 안에 안전하게 들어있어. 움직이는 걸 보면 건강해 보여."

판달마루의 이마는 깊게 찢어져 상처가 나있었다. 가게에서 슬옹이가 '박스떼기'를 내리쳐서 생긴 상처였나. 아프냐고 묻고 싶었지만 그러지 않았다. 그렇게 물으면 자신이 한 짓이 뚜렷하게 떠올라 참을 수가 없었다. 대신 판달마루가 받을 때까지 손을 계속 내밀고 있을 작정이었다.

엄마는 상대가 사과를 받을 때까지 최선을 다하라고 말했다. 잘못한 이는 상대가 싫어하는 방법이 아닌, 상식적인 선에서 최선을 다해 사과할 의무가 있다고. 지금 이렇게 손을 내밀고 받을 때까지 기다리는 것은 그 상식선에 속한다고 생각했다.

"왜 돌아왔나?"

판달마루가 차갑게 물었다.

"……죄책감이 들어서."

대답을 들은 뒤에도 판달마루는 한동안 계속 노려보았다. 한참 만에 그가 캡슐을 획 낚아챘다.

"지구인은 후회를 자주 하는군."

슬옹이가 고개를 숙였다.

"내 쿠론들을 어디로 가져가려고 했나?"

"싱가포르."

판달마루는 싱가포르가 어딘지 모른다는 듯 고개를 갸웃했다.

"……아빠에게 주려고 했어."

"네 아빠는 인공지능이 되었다며?"

"……신체를 회수해서 쿠론을 넣어보려고 했어."

판달마루는 혀를 끌끌 찼다.

"쿠론이 네 말을 듣는다고 생각해? 매우, 아주, 너무나도, 상당히, 몹시도 바보 같은 생각이야!"

그는 몹시 흥분했는지 자신이 할 수 있는 가장 많은 단어를 사용해 '바보'라는 말을 강조하고 싶어 했다.

"······미안해."

"쿠론은 주인의 말을 들어. 쿠론이 네 몸에 들어간 것은 내가 명령했기 때문이야. 한번 들어간 후 바로 빠져나오지 못한 것은 쿠론이 네 몸에서 자신의 생명력을 확장하고 적응하기 위해서고. 네가 아무리 네 아빠 몸에 쿠론을 넣으려 해도 개들은 네 말을 듣지 않아. 너는 여느 지구인과 다를 줄 알았는데 똑같이 어리석군."

"······미안해."

판달마루는 분이 풀리지 않았는지 이를 갈며 슬옹이를 비난했다.

"네 아빠는 멀쩡하게 살아있는데, 왜 굳이 몸을 바꿔주려고 하는 거야? 그런 욕심이 저 바다 돌고래들을 죽이고 있는 거야. 미개인들!"

슬옹이가 고개를 들었다.

눈이 젖어있었다.

"너라면 어떡하겠어? 너라면 안 그러겠어? 우리 아빠의 몸이 곧 폐기되어 없어진다고!"

슬옹이의 하소연이 여름날 폭우처럼 터져 나왔다.

"그래, 내가 잘못한 거 알아. 나는 도둑이야. 미개인도 맞아. 근데 판달마루, 너는 너를 생성한 개체가 없어? 아빠가 없냐고. 네 아빠가 아프면 네 쿠론을 주려고 하지 않겠어? 너는 나한테도 쿠론을 줬잖아! 저 돌고래에게도 주려고 했고. 너는 우리 아빠가 인공지능으로 사는 것을 살아있는 거로 생각할지 모르지만 나는 달라. 우린 그걸 살아있는 걸로 안 친다고. 너는 미개하다고 말하겠지만 지구인들은 볼 수 없으면 듣고, 들을 수 없으면 만지고, 만질 수 없으면 대화하면서 서로를 느끼려고 해. 그런 감각들을 경험해야 사랑할 수 있는 거야. 너도 내가 새우탕을 주니까 나를 좋아했잖아."

판달마루는 처음으로 아무 말 없이 놀란 표정으로 입을 벌렸다. 슬옹이 말에 매우 관심을 가지는 것 같았다.

한번 터진 슬옹이의 울분은 좀처럼 사그라지지 않았다.

"나도 느끼고 싶어, 아빠를. 아빠를 만지고 싶고 안기고 싶고 같이 새우탕도 먹고 싶다고. 얼굴 보고 말하고 싶다고! 아마 아빠는 나보다 더할 거야. 아들을 만지고 싶고, 느끼고 싶지 않은 부모가 어디 있겠어! 아빠도 내가 보고 싶을 거라고!"

슬옹이는 엉엉 울었다.

판달마루는 귀를 세운 채 가만히 듣기만 했다.

슬옹이는 눈물을 훔치며 말했다.

"도둑질한 건 미안해. 하지만 아빠가 너무 보고 싶어서 그랬어. 쿠론이 있으면 아빠가 살 수 있을 거라고 생각했어. 네가 외계인이라도 그런 짓을 하면 안 되었어. 그건 네 생명과 같은 거니까. 나는 원래 좀 그래. 피아노도 정해진 대로 치지 못한다고 질책받는걸."

"거참 시끄럽네. 야, 너 스마트폰에 불빛이 깜박인다. 그거나 꺼라."

판달마루기 에인 툿명스럽게 말했다. 하지만 더는 슬옹이를 쏘아보는 눈빛이 아니었다.

슬옹이가 훌쩍이며 주머니에 삐져나온 스마트폰을 들었다. 스마트폰에는 아빠를 부르는 옵션이 켜져있었다. 아빠는 슬옹이와 판달마루의 대화를 고스란히 듣고 있었다.

"아빠, 나중에 이야기해요."

-알았다.

슬옹이는 코를 훌쩍이며 아빠를 사라지게 했다. 판달마루는 원통형 캡슐의 뚜껑을 돌렸다.

안에서 지네 같은 쿠론들이 빠르게 기어 나왔다. 그것들은 판달마루의 손목에 올라타더니 들어갈 곳을 찾았다. 아마도 판달마루가 어떤 구멍을 만들어주어야 들어갈 수 있는 것 같았다. 그러나 판달마루의 손목에는 어떤 구멍도 생기지 않았다. 판달마루는 그것들을 집어 들고 입으로 삼켰다.

우어어어.

판달마루가 턱을 치키고 몸을 떨며 기지개를 켜는 듯한 행동을 했다. 부르르 떠는 것은 쿠론들이 판달마루의 몸에 생명력을 불어넣어 주기에 그런 듯했다.

우어어어.

판달마루는 더욱 가슴을 넓게 펴고 두 팔을 뻗어 하늘을 향했다. 그의 눈과 코에서 불길이 뿜어 나오는 듯했다. 근 한 달 만에 다시 들어온 쿠론들은 그간 쇠약해진 판달마루의 몸 구석구석에 회복력을 불어넣어 주고 있었다. 이윽고 판달마루의 피부는 탄력을 되찾았고 눈빛은 생기가 더해졌다.

그는 코로 쿠론들을 빼내어 다시 손바닥에 올렸다. 그리고 그것들을 캡슐 안에 넣었다.

"그걸 왜 도로 빼내?"

"내가 이것들을 어디에 쓰려고 했는지 넌 모를 거다."

슬옹이는 고개를 저었다. "몰라."

"죽어가는 돌고래를 데려와 달라고 부탁했었지?"

그랬다.

강웅이가 늘 죽은 돌고래를 건져 오는데, 슬옹이는 그에게 갖다 주지 못했다.

"이것들이 네 몸에서 나오면, 나는 쿠론들을 죽어가는 돌고래 몸에 넣을 참이었다. 지구 돌고래들을 살려보고 싶었거든. 그래서 네가 쿠론들을 들고 달아나는 것이 화가 났던 거야."

"너는 다시 모선으로 돌아가야 하잖아."

"돌아가지 않으려고."

"뭐? 왜?"

"지구를 멸하고 싶지 않으니까."

"가파도에서 한동안 지냈다고 그새 정이 들었어?"

"아니."

"내가 죽는 게 슬퍼서? 그건 아닌 것 같은데. 나를 죽일 듯 욕하면서 따라올 때 눈을 생각하면."

"음. 네가 죽는 게 슬픈 건 사실이야. 너한테 꽤 많은 정이 들었으니까. 하지만 그건 내 이유의 반에 반도 안 돼."

"그럼 뭐야? 대체 무슨 이유로 모선에 돌아가지 않겠다는 거
야?"

"지구를 보존해야 할 이유가 있지. 나한테."

"뭐냐고. 그게."

"지구가 멸망하면 새우탕이 사라지니까."

으아아.

뭐라고?

너무도 황당한 대답에 슬옹이의 젖어있던 눈이 금세 말라버
렸다.



2

－슬옹아, 판달마루의 의도 같은 건 중요하지 않다. 아빠는 판
달마루가 새우탕 때문에 동료들을 배신했을 거라고 생각하지
않는다. 그는 만날 때마다 슬픈 눈으로 먼바다를 바라보곤 했
다며? 판달마루는 지구의 자연이 점점 오염되는 것이 슬펐던
게 분명해. 그는 바다를 오염시키는 지구인들을 가열차게 비난

하곤 했잖아. 저 위, 커다란 모선에서 무슨 일이 있었는지는 알 수 없지만 새우탕 때문에 돌아가지 않는 건 아닌 게 분명하다.

"물어봐도 대답해주지 않아요. 판달마루는 원래 무심하게 말하고 시니컬하니까요."

―좋은 친구란 원래 그런 법이다. 무심하게 대하고 속으로는 살뜰하지. 그래, 그 외계인은 지금 어디에 있니?

"그것도 말해주지 않아요. 가파도 안에 있는 건 확실해요."

―자기만의 동굴을 찾았을지도.

"아빠."

―왜.

"죄송해요. 쿠론을 돌려줘서."

―쿠론을 주인에게 돌려준 게 나한테 왜 죄송할 일이냐?

"아빠 몸을 돌려받지 못했으니까요."

아빠는 말이 없었다.

슬옹이는 아빠가 내심 기대를 했다는 것을 알았다. 당연하다. 인공지능이 된 아빠는 누구보다 슬옹이를 만지고 싶어 하고 보고 싶어 했을 터이다. 슬옹이는 더는 이런 결론 없는 대화를 하지 않기로 했다. 아빠한테 사랑한다고 말하고 싶었지만 그것도 참았다.

　이대로 인공지능인 아빠와 함께 사는 것도 나쁘지 않다고 생각했다. 아빠와 죽을 때까지 함께할 수 있는 것은 또 이런 상황의 장점이기도 하다. 이번 일로 세상 모든 일에는 나쁜 상황과 좋은 상황이 공존한다는 것을 알았다. 슬옹이는 앞으로 어떤 상황이 오더라도 좋은 쪽으로만 생각하기로 했다.

　-며칠 남았니?

　"음, 판달마루가 모선으로 올라가지 않았으니 잘 모르겠어요. 판달마루 말로는, 자기가 사령관에게 최후통첩을 받은 시간은 어제까지였어요. 이제 열흘 안에 모선은 지구를 공격한다고 해요."

　-후, 심각한 상황인데도, 여전히 만화 속 이야기 같구나.

　"저도요."

　-죽는 게 두렵니?

　"별로요. 만화 같아서요. 근데 아빠, 정부나 관청에 말해야 할까요?"

　-믿을 것 같지 않구나.

　"영화나 만화에서 보면 미국 대통령이 지구를 구하던데요."

아빠의 그래프는 평상심을 유지하는 곡선을 보였다. 재미있지도 웃기지도 않은 모양이었다.

-오후에는 뭐할 거니?

"강웅이가 잡아 온 새끼 돌고래를 판달마루에게 보여주기로 했어요."

-큰 왕돌님 앞에서?

"네."


오후에 슬옹이는 강웅이와 함께 큰 왕돌님이 있는 곳으로 갔다. 아이스팩 사빙에는 새끼 돌고래가 여전히 배를 드러내놓은 채 누워있었다.

기다리고 있는 판달마루를 본 강웅이는 쭈뼛쭈뼛 속도를 늦췄다. 슬옹이와 맞들고 있는 가방 때문에 간신히 따라오고 있었다.

판달마루 앞에서 강웅이는 목석처럼 서있었다. 슬옹이가 차근히 등을 떠밀자 꾸뻑 인사를 했다.

강웅이는 침을 꿀꺽 삼킨 후 돌고래를 보여주었다.

판달마루가 찰방거리는 물에 잠긴 새끼 돌고래를 바라보는 동안 강웅이는 판달마루를 힐끔힐끔 훑어보았다.

"친구야, 겁먹지 마."

슬옹이가 강웅이 어깨를 툭 쳤다.

강웅이가 고개를 끄덕였다.

"착해?" 강웅이가 속삭였다.

"응, 착해. 아, 그런데 입은 좀 거칠어. 다정한 말도 잘 못 해."

강웅이는 또 고개를 끄덕였다.

판달마루는 새끼 돌고래를 건져서 품에 안았다. 그리고 허리까지 차는 바다로 걸어가서 돌고래를 수면에 띄웠다.

강웅이는 해안도로에 서있었고 슬옹이는 판달마루와 함께 물에 들어가 옆에 섰다. 출렁출렁 파도가 오르락내리락했고, 돌고래는 배를 내놓은 채 파도에 이리저리 휩쓸려 떠다녔다.

"잡고 있어."

슬옹이는 힘없는 돌고래를 잡았다.

판달마루는 캡슐에서 쿠론들을 꺼내 돌고래 배에 올려놓았다. 쿠론들은 하얀 배 위에서 꿈틀거리다가 배를 뚫고 안으로 들어갔다.

그러자 희한하게도 돌고래의 피부에서 푸른 기름 같은 게 밖으로 퍼져 나왔다. 그것은 돌고래 몸에 있던 나쁜 기운처럼 보이지 않았다.

"뭐야, 저게?"

"돌고래가 치유되는 에너지야. 힐링 입자라고나 할까."

"힐링 입자? 그런 성분을 가진 입자가 있어?"

"세상에는 인간이 모르는 여러 입자가 있어. 특히 돌고래에게는."

말처럼 돌고래는 생생하게 파닥거리기 시작했다.

"손을 떼."

"그러면 애가 딜이나잖아."

"그냥 손을 떼라고."

판달마루는 잡고 있던 슬옹이의 손을 때렸다. 돌고래는 곧 바닷속으로 사라져버렸다.

"야! 쟤가 쿠론을 가지고 가버렸잖아!"

판달마루는 괜찮다는 표정을 지었다.

"저 돌고래는 이제 동료들에게 돌아가서 백신이 될 거야."

"백신?"

"저 녀석 몸에서 나오는 치유 입자 에너지가 바닷물에 녹으면 돌고래들은 저마다 활기를 가질 거야. 돌고래들도 마린 포지 바이러스에 면역이 생길 거고."

판달마루의 손이 고무줄처럼 길게 늘어나 바닷물을 휘휘 저었다. 돌고래 몸에서 새어 나온 에너지를 퍼뜨리려는 듯.

"돌고래들이 바이러스를 일으켰다는 게 놀라워."

판달마루는 고개를 끄덕였다.

"인간이 바다를 오염시킨 탓이지."

슬옹이는 판달마루가 걱정되었다.

쿠론이 없으면 그의 생명은 오래가지 못한다는 것을 알았기 때문이다. 그러나 그것도 묻지 않았다. 판달마루는 돌고래가 사라진 바다를 바라보다가 씁쓸한 표정으로 몸을 돌렸다. 둘은 바다에서 나왔다.

"돌고래들이 고대 지구에서 살던 시절의 힘을 가지려면 시간이 필요할 거야."

"모선의 공격이 얼마 남았지?"

"이제 아흐레가 남았지."

"그러면 돌고래들을 살려봤자 소용없는 거잖아."

"내일 지구가 멸망해도 사과나무를 심어야지. 안 그래?"

그는 희미하게 웃더니 저쪽으로 걸어갔다.

그날 슬옹이는 할머니 가게에서 새우탕을 사서 보온병을 챙겨 큰 왕돌님이 있는 해안으로 나갔다. 판달마루는 아침 해가 뜰 때까지도 나타나지 않았다. 가파도 어딘가에 머무르고 있을 테지만 그가 어디에 있는지 알 수 없었다.

그는 돌아가지 않기로 했다지만, 쿠론이 없는 한 돌아가려 해도 모선으로 올라갈 수도 없을 터였다.

매일 새벽이고 낮이고 큰 왕돌님 앞에서 기다렸지만 판달마루는 다음날도 그다음 날도 나타나지 않았다.

판달마루가 떠난 지 일주일새기 디었다.

모선이 지구를 공격한다는 날이 이틀 남았다. 세상은 꾸브릲고 고요했으며 또 시끄러웠다. 이틀 뒤 우주에서 온 거대한 함선이 지구를 공격한다는 것을 아는 지구인은 슬옹이 말고 한 명도 없었다.

슬옹이는 잠이 오지 않았다.

새벽에 일어나 무선 이어폰을 끼고 해안 길을 걸었다. 큰 왕돌님 앞에서 익숙한 형체가 보였다. 판달마루였다.

판달마루는 처음 만났을 때처럼 큰 왕돌님 위에 서서 먼바다를 보고 있었다. 슬옹이가 달려가자 그가 빙긋이 웃었다.

"야, 그간 어디 있었어?"

"응. 혼자."

"혼자 어디 있었냐고. 비밀 동굴이라도 있는 거야?"

그는 대답하지 않았다. 대답하지 않는 것은 그렇다는 뜻이다.

"앞으로 어떡할 거야?"

"모르겠어. 앞으로라고 해봐야 이틀 남았는데 뭘."

"아, 그러네."

둘은 한동안 말이 없었다.

언제나 그렇지만 먼저 입을 뗀 건 슬옹이었다.

"새우탕 먹을래?"

"있어?"

"응. 음악실에 한 상자 갖다 놓은 게 있어."


3

아이들은 판달마루를 말없이 바라보았다. 슬옹이는 가장 신경
쓰이는 것이 꽃피어라였다. 판달마루를 보고 놀라서 경기를

일으키면 어쩔까 싶어 동희에게 데리고 오지 말라고 말할까 했지만, 언젠가는 보게 될 것 같아 그러지 않았다.

"여기, 판달마루라고 해. 내 친구야."

동희 뒤에 숨어있던 꽃피어라가 동희 손을 놓고 앞으로 나왔다. 꽃피어라는 칼림바를 들고 있었다. 작은 아이가 다가오자 판달마루의 이마가 삐쭉 구겨졌다. 꽃피어라는 칼림바를 딩딩, 퉁기면서 판달마루 앞에서 그의 옷을 흘끔거렸다. 판달마루는 꽃피어라를 귀찮은 표정으로 보았다.

"판달마루는 새우탕을 먹으러 왔어. 우리 여기서 다 함께 새우탕이랑 콜라 파디튤 하자!"

슬옹이가 들고 온 콜라와 새우탕을 내보였다.

아이들은 긴장하는 표정이 역력했다. 특히 상몽이는 자꾸 복도가 있는 문을 쳐다보았다. 여차하면 그쪽으로 달아나려는 모양이었다.

강웅이가 상몽이 귀를 잡아당겨 뭔가를 속삭였다. 상몽이는 부끄러운 듯 어깨를 움츠렸다.

"뭐라고 했는데?"

슬옹이가 강웅이에게 물었다.

"팔이 늘어나서 달아나도 잡힌다고 말했어."

후루룩 쩝쩝.

후루룩, 쩝쩝.

판달마루는 새우탕을 단번에 여섯 개나 비웠다. 콜라를 전부 들이켜고 트림을 했다. 지우가 눈이 마주치자 자기가 들고 있던 새우탕 컵라면을 내밀었다. 판달마루는 손을 뻗어 그것을 잡아 자신에게로 가져갔다. 판달마루의 손이 쭉 늘어나자 상몽이의 작은 눈이 커졌다. 강웅이는 놀라는 상몽이를 보며 자기는 이미 알고 있다는 듯 능글맞게 웃었다.

슬웅이가 아이들에게 말했다.

"내일모레면 지구가 멸망한대. 오늘 우린 마지막 새우탕 만찬을 벌이는 것일지도 몰라."

아이들은 무슨 말인지 몰라 고개를 갸웃했다.

슬웅이는 아이들에게 그간 있었던 일들을 전부 말해주었다. 아빠가 인공지능이 된 일부터, 판달마루를 만나 마린 포지 바이러스를 치유한 일과, 쿠론을 훔쳐 달아나려 했던 일까지. 그리고 판달마루가 돌고래를 얼마나 아끼고 있는지도.

"지구인들은 돌고래의 소중함을 몰라. 오히려 여기, 외계 행성에서 온 판달마루가 더 아껴. 참 아이러니하지?"

"아이러니가 뭐야?"

꽃피어라가 물었다.

"그냥 상황이 재미있다는 거야."

아이들은 듣기만 할 뿐 별다른 반응을 보이지 않았다. 슬옹이의 이야기를 마치 재미있는 옛이야기를 듣는 듯했다.

"기분도 꿀꿀한데 피아노나 치고 놀까?"

아이들이 와, 하고 일어났다.

"판달마루, 네 몸에 이제 쿠론이 없으니까 베토벤을 쳐도 되겠지?"

후루룩. 후루룩.

판달마루는 대답 대신 새우탕 국물을 들이켜기에 여념이 없었다.

# 가파도 방위대

# 1

"야, 저기 전선을 좀 이리로 보내!"

음악실에서 슬옹이와 아이들이 음향 기계를 조립하느라 분주했다. 지우와 상몽이는 전파송신 장비의 선을 색깔별로 묶어 구분할 수 있게 했고, 동희는 학교 옥상에 설치한 송수신용 원반 안테나의 선이 아래층인 음악실로 내려올 수 있도록 창을 통해 팔을 내놓고 있었다.

옥상에서는 강웅이가 원반 안테나의 나사를 새것으로 가는 중이었다. 꽃피어라는 칼림바를 들고 상몽이 주변을 이리저리 돌아다니고 있었다.

슬옹이는 설계도를 점검 중이었다.

동구 아저씨가 망한 카페에서 가지고 온 음향 장비들은 학교 음악실에 버려져 있다시피 했다. 소금기 먹은 먼지가 뽀얗게 쌓인 채. 하지만 기계들마다의 파워와 성능은 엄청난 것이었다. 슬옹이가 음악실을 선택한 것은 음악실의 장비들이 음파를 멀리까지 보낼 수 있다고 생각했기 때문이다.

판달마루는 판-타노 행성인들이 저마다 쿠론을 지니고 있다고 했다. 그리고 쿠론이 싫어하는 것이 바로 돌고래의 파장이었다. 돌고래가 우주를 향해 쏘는 파장은 쿠론들을 고통스럽게 했고, 그 쿠론들을 몸에 지닌 판-타노 인들도 통증을 느끼는 것이다.

돌고래의 개체 수가 줄어들어, 쿠론들이 싫어하는 파장을 더는 외부로 쏠 수 없게 되었다. 지구를 호시탐탐 노리는 외계인들이 이제 지구를 공격할 준비를 하고 있다.

판달마루가 돌고래에 생명의 백신을 넣어 보냈지만, 돌고래들이 원래의 힘을 갖기까지는 시간이 걸린다.

그사이 대 우주 함대의 공격이 하루 앞으로 다가왔다.

아이들은 판달마루의 존재와 돌고래까지는 믿겠는데, 우주선의 공격은 여전히 믿지 못하는 눈치였다.

외계인이 존재한다는 사실은 강웅이의 말 때문이기도 했고, 먼 발치에서였지만 판달마루의 모습을 한 번씩 보았기에 믿을 수 있었다.

"진짜 그 우주선에서 외계인이 쳐들어오는 거야?"

"참, 쳐들어오는 게 아니랬지. 지구를 멸망시키러 오는 거랬지. 그런데 그거 진짜야?"

"그럼 우린 다 죽어?"

"다 같이 죽는다고 하니까 겁은 좀 안 난다. 그치?"

슬옹이는 그것을 어떻게 설명해야 할지 자신이 없었다.

문득 판달마루의 손을 잡았을 때 보았던 게 생각났다.

음악실에서 슬옹이는 새우탕을 먹던 판달마루의 손을 잡아 당겨 아이들에게 하나하나 손을 잡아보게 했다. 그리고 창밖을 가리켰다.

아이들은 전부 너무 놀란 나머지 입을 다물 줄 몰랐다.

하늘을 전부 덮은 회색의 우주 모임이 분명하게 떠있었다.

"이틀 후면 저 우주선에 있는 판-타노 행성인들이 지구를 공격할 거야. 애니메이션 시나리오 같겠지만 어때, 진짜지? 저렇게 큰 우주선을 본 적 없지? 쟤들이 지구 전체를 어떻게 공격할지는 잘 모르겠지만, 제주도 앞바다에서 우리나라를 공격한다는 건 분명할 거야. 떠있는 함선을 봐봐. 빔 한 방 쏘면 가파도는 그냥 사라져."

"방법은 없어?" 강웅이가 물었다.

"없어."

"있을지도 모르잖아."

슬옹이는 대답하지 않았다.

지구를 지키려면 이틀 안에 쿠론이 싫어하는 것을 찾아야만 했다. 돌고래를 대체할 수 있는 전파를 하늘로 쏘아 보내야 했다.

슬옹이는 강웅이를 바라보며 고개를 저었다.

안타깝게도 방법은 없다, 고 생각했지만, 그날 밤 슬옹이에게 아이디어를 준 것은 아빠였다.

집으로 돌아온 슬옹이는 마지막 밤을 아빠와 함께하고 싶었기에 스마트폰으로 아빠를 불러냈다.

-묘하군, 기분이.

"저도요. 그런데 정말 내일모레 지구가 멸망할까요? 전 믿어야 하는데도 믿기지 않아요. 아빠는 여러 징후와 데이터로 예측이 가능하지 않나요? 인공지능이시잖아요."

-인공지능인 나도 예측할 수 없구나. 그만큼 저들이 치밀하다는 증거겠지.

그때 아빠가 외마디 소리를 냈다.

-잠깐만. 뭐가 떠올랐다. 그때, 판달마루가 네 이어폰을 듣다가 경련을 일으켰다고 했지?

"네, 그랬어요. 왜요?"

-그때 그의 몸 안에는 쿠론이 있었지?

"네, 저한테 주기 전이었으니까요."

그렇다. 판달마루가 슬옹이 귀에 꽂힌 무선 이어폰을 제멋대로 뽑아내 제 귀에 꽂은 건 처음 만났을 때 일어난 일이다.

-그거 말이야. 쿠론이 싫어했기 때문이 아닐까?

"싫어하다니, 뭐가요?"

처음에는 무슨 말인지 몰랐다. 아빠는 잠시 말이 없더니 한참 만에 말했다.

판~다노 행성이우 쿠론이 핵이야. 쿠론은 몸에 들어갈 수도 있고 나올 수도 있지. 쿠론이 몸에 있을 때 그들은 강력한 초능력을 발휘하지만 쿠론이 없으면 그렇지 못해.

"그래서요?"

-쿠론은 베토벤 피아노 소나타를 싫어했던 거야!

"엥? 그건 이미 알고 있었어요. 쇼팽이나 라흐마니노프를 들려주면 잘 듣다가도 베토벤은 경기를 내며 싫어했어요."

-알고 있으면서 왜 가만히 있는 거야?

"무슨 말인지."

아빠 목소리가 높아졌다.

-판달마루는 네 이어폰에서 흐르는 베토벤 피아노 소나타를 듣고 발작을 일으킨 거야. 쇼팽이나 리스트 그리고 라흐마니노프는 그러지 않았다며. 판달마루 몸 안에 있던 쿠론은 베토벤 피아노 소나타에 민감하게 반응했던 거라고! 그러니까 판-타노 행성인들의 몸에 있는 쿠론들은 전부 베토벤 피아노 소나타에 민감하게 반응할 거라고.

"그런데 아빠, 그렇지도 않았어요. 판달마루는 마지막 날 우리 집에서 베토벤 피아노 소나타에 아무런 영향을 받지 않았어요. 그때도 베토벤 피아노 소나타를 크게 틀었는데."

그러다가 슬옹이는 말을 멈추었다.

-그땐, 쿠론이 판달마루 몸 밖에.

"그땐, 쿠론이 판달마루 몸 밖에!"

아빠와 슬옹이가 동시에 말했다.

그랬다.

갑자기 찾아온 판달마루의 의식을 잃게 하려고 베토벤 피아노 소나타를 틀었지만, 그는 끄떡도 없었다. 그것은 그의 쿠론이 특수 캡슐 안에 있었기 때문이다.

-너, 얼마 전에 음악실에서 쓰러졌지? 그때 뭘 치고 있었지?

"발트슈타인요."

-발트슈타인은 베토벤 피아노 소나타 21번이었어. 그때, 네 몸에는 판달마루가 넣어준 쿠론들이 돌아다니고 있었고.

순간, 슬옹이는 무언가로 머리를 맞은 것 같았다.

-확실해! 쿠론의 적은 베토벤 피아노 소나타야!

"내가 쓰러진 게 쿠론 때문이라고요?"

-그럴 거야. 쿠론은 돌고래의 파장에 민감하고 그리고 또.

"베토벤 피아노 소나타에 민감하군요!"

-그런 것 같아!

"그렇다면 베토벤 피아노 소나타를 우주로 널리 보내면 돌고래의 파장과 같은 역할을 한다는 말이군요."

-바로 그렇지.

슬옹이는 벌떡 일어났다.

"아빠, 우리 보슬무를 해야 해요!"

-보슬무?

"동시에 말하면 보슬무를 해야 한다고 했거든요."

가파도의 밤은 별들이 쏟아질 듯했다. 대우주의 별들이 전부
이 섬을 보러 몰려든 것 같았다. 학교 옥상에 설치된 거대한 안
테나에서 베토벤 피아노 소나타 14번이 흐르고 있었다.

누군가는 '루체른 호수에 비치는 달빛'이라고 말했다지만,
베토벤은 이 곡을 '환상곡풍 소나타'라고 명명했다.

베토벤이 옳았다. 쏟아지는 가파도 하늘을 향해 뿜어 나오는
월광 소나타는 그야말로 환상적이었다.

슬옹이는 옥상에 설치한 나무 판상에 지우, 상몽, 동희, 강웅,
꽃피어라와 나란히 앉아있었다.

밤하늘을 바라보는 슬옹이 눈에 활기가 돌았다.

이 아이들에게는 보이지 않는 거대한 모선이 저 하늘에 떠있

을 것이었다.

판달마루 말에 따르면 모선은 오늘 지구를 공격해야 했다. 그러나 자정이 넘었지만 지구는 온전했다. 아이들은 베토벤 피아노 소나타 때문이지, 아니면 판달마루의 보고가 틀린 것인지는 알 수 없었다.

"그래도 계속 음악을 틀어놓자!"

베토벤 피아노 소나타 14번. 올림다단조의 선율이 그날 밤 내내 밤하늘에 뿌려졌다.

슬옹이가 물었다.

"지구에서 사람들이 모르는 정말로 위대한 게 뭔지 아냐?"

아이들은 저마다 고개를 저었다.

"세종대왕요. 한글을 만들었으니까!"

질문과 관계없는 답을 한 꽃피어라에게 상몽이가 칼림바를 돌려주었다.

칼림바를 쥔 꽃피어라는 곧 조용해졌다.

지우가 물었다.

"뭐예요? 사람들이 모르는 위대한 게?"

슬옹이는 하늘을 한동안 바라보다가 말했다.

"돌고래와 베토벤이야."

슬옹이 눈에 풍력발전기 아래 서있는 검은 그림자가 보였다. 아이들은 전부 먼 곳에서 하늘을 응시하고 있는 판달마루를 바라보고 있었다.

그로부터 한 달이 지났지만 판-타노 행성인들은 지구를 공격하지 않았다. 슬옹이와 아이들은 변함없이 음악실에서 베토벤에 관한 수업을 했다.

계절은 여름이 가고 가을이 지나고 있었다.

강웅이는 여전히 죽은 돌고래를 건져왔고, 아빠는 점점 건조해지고 있었다. 고모부가 돌아가시고, 고모는 미국으로 이민 간다고 연락이 왔다. 마린 포지 바이러스는 지구 인구 삼분의 일의 생명을 앗아가고 있었다. 루간스키 교수는 러시아에서 교통 사고로 세상을 등졌다.

판달마루는 그날 이후로 한 번도 큰 왕돌님 앞에 나타나지 않았다. 슬옹이는 틈틈이 새벽에 새우탕을 들고 그 주변을 거닐었지만 한 번도 만나지 못했다.

그렇게 겨울이 왔다.

봄이 되면 영재교육청이 내건 일 년의 시간이 끝난다. 돌아갈 채비를 해야 했지만 슬옹이는 이제 서울이 아닌 가파도에서의 삶이 더 편했다. 지난주에 벌어진 차이코프스키 콩쿠르의 대상은 독일 출신의 열여덟 살 소년이 수상했다. 가파도의 하루하루는 크게 달라진 것이 없었다. 가파도는 여전히 외지인들의 입도가 금지되었다.

슬옹이가 선착장에서 '강웅만세호'에서 짐을 내리고 있을 때, 가파도에 들어오는 연락선에서 상몽이네 아빠가 다가왔다. 그는 슬옹이에게 노란색 봉투를 건넸다.

"임 선생한테 소포가 왔는데요."

슬옹이는 받아든 노란색 봉투를 물끄러미 바라보았다. 봉투는 정사각형이었는데 십자가 형태로 사면에 선물 포장용 마끈이 묶여있었다.

보낸 사람 자리에는 명예의 전당 연합(Hall of Fame Union)이라는 글씨와 사람의 두뇌 모양 아이콘이 그려져 있었다. HOFU 마크를 보면서 슬옹이는 끈을 풀고 봉투를 열었다.

안에는 항공 교환권과 종이 한 장이 있었다.

종이는 안내문이었다.

안녕하세요. 명예의 전당 연합(Hall of Fame Union) 코리아 지
부입니다. 본사는 임슬옹 씨의 혈액 검사 결과를 알려드리는 동
시에, 임슬옹 씨의 혈액 보존 처리에 관한 동의서를 얻고자 합
니다. HOFU 사이트에 접속하셔서 아래 코드 넘버를 입력하시
면⋯⋯.

더는 읽어보지 않았다.

스마트폰이 울렸다. HOFU 한국 지부 상담 팀장이라고 찍
혀 있었다.

"여보세요."

HOFU 코리아 생체역학팀 팀장은 슬옹의 혈액에서 마린 포
지 바이러스에 대항할 RNA를 추출했다고 말했다. 그는 냉동
보관된 아빠 신체에 백신을 테스트할 수 있도록 슬옹이가 몇
가지 서류를 작성해야 한다고 말했다.

"임종찬 님의 신체를 돌려받게 될 것이고, 인류 공헌금까지
지급될 수 있습니다, 임슬옹 님."

"항공권은 뭐죠? 서류를 쓰기 위해서 제가 서울로 가야 하나
요?"

"아니요. 미국입니다. 보내드린 항공권으로 임종찬 씨가 냉동된 미국 매사추세츠로 가셔야 합니다. 거기서 아버지를 만나서 함께 돌아오실 수 있습니다."

〈끝〉

( 생각학교 클클문고 )

# 나와 판달마루와 돌고래

초판 1쇄 인쇄 2024년 8월 12일
초판 1쇄 발행 2024년 8월 17일

지은이 | 차무진

발행인 | 박재호
주간 | 김선경
편집팀 | 강혜진, 허지회
마케팅팀 | 김용범
총무팀 | 김명숙

디자인 | 석운디자인
일러스트 | 토티
교정교열 | 구해진
종이 | 세종페이퍼
인쇄·제본 | 한영문화사

발행처 | 생각학교
출판신고 | 제25100-2011-000321호
주소 | 서울시 마포구 양화로 156(동교동) LG 팰리스 814호
전화 | 02-334-7932 팩스 | 02-334-7933
전자우편 | 3347932@gmail.com

ⓒ 차무진 2024

ISBN 979-11-93811-24-5 (43810)